每块田都有自己的
名字

王 猛 —— 著

山西出版传媒集团 北岳文艺出版社
BEIYUE LITERATURE & ART PUBLISHING HOUSE

·太原·

图书在版编目（CIP）数据

每块田都有自己的名字／王猛著．—太原：北岳
文艺出版社，2022.6
ISBN 978-7-5378-6601-9

Ⅰ.①每… Ⅱ.①王… Ⅲ.①诗集–中国–当代
Ⅳ.①I227

中国版本图书馆 CIP 数据核字（2022）第 146798 号

每块田都有自己的名字

王猛／著

//

出品人 郭文礼	出版发行：山西出版传媒集团·北岳文艺出版社 地址：山西省太原市并州南路 57 号　邮编：030012 电话：0351-5628696（发行部）　0351-5628688（总编室） 传真：0351-5628680
责任编辑 刘文飞	经销商：新华书店 印刷装订：成都兴怡包装装潢有限公司
助理编辑 马媛慧	开本：880mm×1230mm　1/32 字数：224 千字 印张：9.25
装帧设计 书香力扬	版次：2022 年 6 月第 1 版 印次：2023 年 3 月成都第 1 次印刷 书号：ISBN 978-7-5378-6601-9 定价：57.00 元
印装监制 郭　勇	本书版权为本社独家所有，未经本社同意不得转载、摘编或复制

目录 Contents

温柔的水

安慰叶片的时候
她冰冷，一滴椭圆的泪
挂在叶子低垂的眼角

收留村庄
她以雪的方式，一夜披衣
让践踏留痕，让他们自己看

大地的创伤那么多
她就汇集溪流成江成河
成巨大的湖泊，盖住忧伤的心灵
大海一样，惋惜
以浪的唇吻，抚慰脚趾的裂口

现在，她独自走在银杏之下
含蓄平静，狂浪已经退去
向我叙说整个秋去冬来的剥离
如何从脉络中跃出，让每一片叶子都变成黄金

一首诗的意义

只是，把我喜欢的词
又一次叫出来
温柔的，站在句子的开头
惹我心痛的，分隔着散布
绕不开的自私和小心机，给它们分配
克制与约束，选几个善良的字眼
放在分别的最后，打开门
等待你消失在门厅
等待你，随时穿行
在词语的间隙，从一行跳到另一行
那里有你的小小园林
有载你往返的汽车，越境而来

重复的咏叹

六点起床，奔行两千米
在一首古诗里唤醒孩子
相互抱怨、洗漱、吃难吃的早餐

在上学路上往返
顺便看那小镇姑娘，越长越胖
途经贩鱼小摊
期待遇到时令的水果蔬菜

在固定的几个地方逗留
讲相似的话，思恋不同的人
这样的日子一个挨着一个

各种疾患不时来访
让人陷入短暂的狂热和涕泪
每一回，我都笑脸相迎
在心底里祈求医生的妙手回春
有时候，也会莫名地爱上年轻的护士小姐

爱是神奇的中医
对此，我缺乏终身免疫

大地印象，一次次地投射在心头
树木的气味、泥土的色泽和变换的光影
不断加深对于世界的理解
一条道走到黑，再让它在晨曦里清晰过来
我的每一天，都是复眼中的一扇窗
要看清爱的人，需要好多年

重复去爱周围的一切
爱上孤单
爱上聚合
爱上由此衍生出来的每一个
让人绝望又沧桑的轮回
爱上一遍又一遍重复的咏叹

种松记

从来都没有想过
养几株松树，像爱人一样
守护在身边
是一种什么感受

十一月十四日，午间
两株罗汉松苗，抖落尘雾
利利落落站立于
一高一矮一黑一白的花盆
如携手的一对仙童
下山。阳光下它们相视一笑
踏进徐徐展开的快意江湖

这来自山巅的植株
树皮泛青针芒未露
黑风岗的时代已经过去
再不必担心迷失街头
陷入焦虑的大风
至于岁月路口的斧头
让它慢慢地锈，缓缓地钝

奔跑在公汽后的女人

有时候，她带着孩子
肥皂或者橄榄油
着黑色的棉袄

有时候，她被别的事物牵引
课堂、手术、账簿
或者是即将点燃的炉火

从公寓里
从超市、医院、学校
从每一个急促的呼吸里

像是被撕裂的闪电
闪烁着光芒
发出暗哑的霹雳响，在这干涩的路口

她们，一如数年之前
奔跑的少女
尚不自觉，奔跑中已经改换了容颜

欣　喜

结束了短暂的二月
三月就在暖洋洋的日头中
悠闲地等雨

即将出现的景色
我们早已谙熟于胸

长阶一绿，就会响起迅疾的足音
时隔一年，皮肤还记得轻轻的凉
檐下，永远留有青春的身影

浅　春

傍晚，我们从福利院并肩返回
都未看到，叶芽花苞在树的眼睛里闪动
天色依然阴沉，过早地拉长了夜晚
很久都没有走如此远的夜路
也不知道，山脊上坠落了如此众多的流星

江水是干净的，水的楼栋在夜色里摇摆
接近江岸的那几次，能听到一些熟悉的声音
漂了过去。起初，谈论福利院老人
谈中年危机世界经济和疫情
当爬上二道垭的时候，我们已经无话可说
喘着热气，脱掉的厚重衣服拖在暗黑的地面

灯火的镇子遥遥在望，忍冬科植物的花香若隐
若现
鼓励我们，再次，高一脚低一脚扎进茫茫的山野

无你之境

此时，楚城上空的薄雾退去
空旷的大金坪
冷风拂冈
新的季节急促又突兀

拖拉机的铁犁翻开了千亩土地
风再吹一季，这里将是一片绿海
但是，在这巨大的光亮里
天地是如此的空

站在 1800 米的山顶，能俯瞰长江
看到水田坝、归州、两河口、九畹溪
能看到，这广阔的地域与空间上
炊烟、奔忙和收成

也能看到，山脊遮挡的撤退之路
以及路畔竞相盛开的春花
在这无你之境，雪还藏在风里
春潮还未爬上山冈

许多未曾提起的事物

面对病患者，不说治疗的痛感
面对潮湿的木门，不说吱呀的风吹
遇到夜雨，不问晚归的行人
当我觉出脆弱，就决不谈坚强的美德

有许多事物未曾提起
悬在头上的旧河床
随时都会致我溺亡

春天来了

新鲜的芽和花
占领了树枝的头版头条
毫无道理的美
在每一个角落里肆意呈现

你的毫无道理
也是这个季节最好的胭脂与轻云
因为，你就是这个春天
最不可遏制的绽放

每块田都有自己的名字

我喜欢小草举起的刺刀
向着天空，灌木
像个疯掉的孩子，挥动
长长的十指，樟树的
云彩，如同竖起的手掌
阻挡北风，手掌遮在额上

当然我也忍不住，为小花
鼓掌，丛林之后的旗帜
高举。武装起来的甲虫
蚂蚁爬上爬下
它们熟悉每一条迷宫
熟悉深入在地下的去路

我尊重每一枚核的坚硬
也尊重飘浮在空中的蒲公英小伞
前者可能出自某张樱桃小口
后者也许来自一位孩子的吹动

我有这样的一个女子
我有这样的一个孩子

我会合掌走过每一座坟墓
那像是森林里冒出的蘑菇
在小桥上特别的小心
怕它纤细的脊梁难过
跟飞禽、走兽为邻
不来邀约，就不相往来

有一天，我也会来到这样的田地
青烟寥寥
以石为名
有一天，我也会来到这样的田地
荒草萋萋
以野兽为名

很多人，合掌走过
山尖、地头与河流
在我的诗歌里面
有这样一个故事
每一块田地都有名字
每一个走过的都心含悲戚与尊重

满

月晕扩大成一朵白色裙子
褶皱一层层，像是莲花
毛月亮多好，看起来圆润且柔和

再过三天，不完满的欠缺就要被填平
会等来，下一次噬空前短暂的满

哪曾有过完美的月亮
不过是因为沐浴在月光下的你
点亮了渺茫江涛边的灯塔

暮色里陪你入城

夜色较昨日要重一分
我目睹了她，在你后背染色的过程
庆幸有你相伴，一起
沦陷到不能返回的秋色
途经三处朦胧的渔火

还有，小小地
靠近。在夜色里逐渐靠近
我们离开的地方

那天的我，一厢情愿而心情迫切
想安慰你，浓重的背影
披散开来的头发……

至今，这都是我一次次往返
无法彻底抽身的原因

途遇老河口站牌

2012 年，一辆老旧的客车上
我目睹过夕阳，在你背上
柔软的过程。金色点染长发
斑驳的光影，活泼、青春
让这段毫无希望的归程
变得不同寻常

现在，一块高速指示牌
牵引出一些旧的故事
扁舟日日从江畔
渡向广阔的江河

就要驰离记忆的疆域
分岔口一个接一个
每一首小诗都是一段虚构
梦境，植入了道路、广告
让人陷入短暂的恍惚

自　然

时间把握得恰到好处，牵手
在夜色柔弱的支点
指尖温和的触摸
轻轻地打开
月色满盈的庭院

和衣而卧的冬季
你我细细地点阅共度的季节
遥想桃李不言
遥想落地成灰

我们并肩仰望
繁茂的星群
六月的伊始，点亮方向

话越来越少
吻我的唇，拿捏得

自然而然

安慰之诗

九月刚刚开始，天幕缺电
此时的母亲倚靠在窗前
身体蜷曲，头发柔然
黑白两色的记忆，翻飞

紧紧地凑在光亮之下
摊开手里的小册子
想要在天黑之前
找出她的三个孩子
紧紧握住书页
就像握住了所有

草原之上，奔腾着一群永不歇息的兽
哥哥属猪、姐姐属虎，我是一匹家畜
还有属狗的孙子、唤作羊的和其他
的亲人，走到这一年的悬崖，跃跃欲试

我不能安慰你

安慰你的是一群书里的兽
那么，我就做一头冬季的牲畜
吃草、被圈养、暗自里敲打马蹄铮铮
踏秋而来，窗前嘶鸣
尽可能不走太远

欣　赏

来，到我的膝盖上来
我让你看一看，爸爸失踪的七天
捡回来的江汉平川
大片大片被遗弃的棉花地
一个弯腰拾穗，击破秋风的剪影

爸爸是多么习惯地运用排比：
大地上站满了驯化的植物
浅浅水塘
彼此相连，残荷是多么深刻的修辞
甚至说出了刚刚过去的秘密
那个预备破冰采藕的男人
在等待西西伯利亚的寒流

我穿梭了几百里
就像从未离去
你的妈妈，端着饭钵
正是晚餐的时间

你穿着浣洗过的衣裳
牵我的手
继续未完的游戏

稍等——
请你看一看
这个风一吹就绿的江南
即使错过了采莲的七月
暖阳缓照的七日
怎样舒缓了爸爸七天的思念

要是我们在一起

我想过，要是我们在一起
坐在这虚无的傍晚
不说话
静静地度过两小时，就像是度过一生
微妙的事情就会发生

沉入水底的月，将卸掉厚厚的纱
大地摊开温厚的手掌，搂住沉睡的孩子

哭 泣

你低低地哭诉那流年
把苦涩的汁液涂在我的额头
让它慢慢向下

我低垂着头低垂着色彩
连，此时的诗句
都惯性地重复你给我的遗传

你的语句
落在凉凉的地面，就像是落在地上的月亮

我不能阻止河流
只能在河水里潜伏
或者，浮身其上

季节末端的响亮哭声，源自旧时光
就此惊醒了，通向身后的梦境

爱的絮语

一再地劝慰自己的耐性
将等待涂抹在每一处断裂
我们要温柔地相待
在罅隙里，种下各色的植物

一再地清理皱纹里落下的尘埃
让额头保持青春的光亮
嘴唇如此娇嫩
刚刚吻过了发烫的手指

小故事成了安慰
延续了白日。实际上我们害怕
每一个拥抱里都留下了全部的力量
手臂是对生的蚌壳，你是珍珠

生活里，要爱的太多了
多数不可再生
能够继续爱下去的理由

并不多，只有一个

我们要懂得画地为牢
要知道安分
要学会，把容忍的限度一再地降低
将所有的爱都当作错误去宽容

情 书

岁月斑点，已经开始聚集
你在睡眠里，自然地衰老
黑夜里，看着你皱起来的皮肤
我曾经破涕为笑。红颜一定会老去
雨滴曾经是一道虹
如今在夜晚摔到泥地

你薄如蝉翼的衣
向后仰过去的脑袋
脑袋上的发，猛地向后一甩
在黑暗里发出巨大的轰鸣
轰——
我就这样，在巨大的声音里迷失
沉沉死掉

犁　地

依然记得大地被划开之前
汉子举起木架
将铁犁插入解冻的土地
仰头发出响亮的吆喝

哟呵……

向所有醒来的植物打招呼
向即将被覆盖到地里的花草道别
铁犁"哗哗"地翻开清新的黄土
打开了春耕的幕布

怀念新揭开的大地
散发的气息，以及她馈赠的礼物
蚯蚓那样肥
泥土那样黑

日　记

留给我们的白昼实在太短，所以不得不
在即将天亮的冷暗里，摸索着套上御寒之物
体温固然取决于外在的气候，但文明路途上的遮
羞之物
早已用其纷繁复杂的形式，对等级完成黑色的
形容

小时候，一个内置发条的玩具狗，足以打发
多个寂寞的傍晚。现在的问题是，发条在哪里
下滑的惯性，抵消了对于堕落的种种不安
顺滑的转弯啊，就这样——抹过去
生命的河流总要遇到绕城东流、远送孤舟
没有目的的流浪，总是被诟病
但一旦有了河岸的牵绊，总免不了内耗

越来越多的疑难杂症，把我看成了富在深山的
远亲
这个投亲靠友的时代一定会来的，对此我深信

不疑
　　只是：越来越多的器官，像是疏远而去的朋友
　　陌生感悄然增加，度过了短暂的青春，就将陷入
　　漫长而不可自拔的怀旧期

　　把理想的赞美词，大方地用到其他的地方
　　因为这是一个美好的盛世，盛，可以组一百个词
　　在我赞美的范围之外，还有着更加宽泛的世界
　　即使赞美整个世界，你也得承认我对于美的疲倦

与耳聋的母亲相伴

这一天，日常的交谈
都变得费力。要大力
找合适的角度。要相互看
唇语。当然还要贴近一些
近到看得清，覆满白发的头皮
长出斑纹且早已疏松的脸

压低泛起的浪涌，看由于偶尔的听闻
而引发的细微抖动。语言
在这个下午附加给我的
愧疚，以重复的方式一遍一遍加强
又以荒诞的答非所问回避
七十多年情感的累积

我要说，这并不是
一个让人灰心的下午
落地的苹果，并未错过大地的收获
干旱的河流不会抛弃明年的羊群

消散的星空，不都是迷失的眼睛

耳语带回来一个童年的她
关闭的声道，轻轻掀开了另一面柔软的门帘

越来越像一个妈妈

暖过手，给孩子穿衣
此时你的长发已经收拾得干干净净
衣装整洁如新
面容平静，蒙着淡淡的乳白

而在这之前
你已经度过了农历小年的清晨
独自抵挡住了
生产后的忧郁
和立春以来不断爆发的争吵

此时，我推门进来
因为嫌弃门外卷入的冷风
你并不像往日一般惊喜
而越来越像一个妈妈

谢

谢天上明月一轮
圆缺与否都不重要
雨晴更是虚妄
谢你日日轮转，定时打卡
教我警惕
谢你无论得见，总是赴约
教我初心如始
如四季繁花
只是守着胎芽
循着时令与温度
不需要催促，也不屈服
谢天道轮回，教我日日衰老

好多次，我们发出同样的叹息

速度明显降低
安静的中午，世界是滑翔的客机
你斜卧在沙发
花白的头发就像是一蓬草
我忍耐着，看一场没有悬念的季后赛

有时候，你会在睡梦里扭转脑袋
发出嘀嘀嘀的声音
像是驱赶。我抬手查看电视音量
确信处于静音，确信你所驱赶的
并不是我

这是个困难的季节
难以快速地潜入黑夜
睡眠是拂晓处独腿站立的那只鸟

你是我的父亲
我是你三个孩子之中的一个
病患、形体和肤色
我们有极其相似的种种

庭院里的女子

安静下来，庭院不再属于谁
置身其中，你只是一枚叶
在尘世飘荡多年，就要返回枝头

喧嚣退去，月色让八月一再降温
着单衣的女子，独自拥有这晚夜和宁静
眉目间的怜惜，让天地间充满温情

这庭院既远又陌生，随着叙述慢慢清晰
醒来的精灵模仿虫类，发出各类鸣叫
随着风，在枝叶间腾挪

它们属于先祖、神族
在它们出现的场合，我们的谈论只限于
圣洁的事物、羞愧的灵魂和胆怯

等　候

这一刻
很多事情打乱了世界的平衡
道路垮塌
闪烁的警灯
不守纪律的私家车

要用颤抖，消弭你躯体的战栗
安慰他
再等一等

十月已经够久
请多待一会儿
何况，人间没有温暖的羊水
也没有
现今，我们的环抱和紧张

云 上

天幕，曾布满了星星
安慰你我。在患者遍地的青年路
一起等待陈教授、李教授
写下数十味草本植物
外加蜈蚣、蝎子。这些毒物的分量
刚刚足够，让你陷入短暂的迷幻

等你去十二楼，挂一个
上午的号，提前两小时返程
陪你在居民区寻一间廉价的房屋
像本地人一样，买时令果蔬
做一餐黄陂风味的家常菜

现在，稀薄的云朵
这些即将消散在夜空里的花朵
要彻底失去重量，在星星出现之前
凝结成露，低到尘埃

云上，无以为继的旷野
你消散的讯息，正在一点点抵达

疼痛的理由

窗帘上投射着斑斓的夜景
发出独特的妖冶声线
都不足以让我心动神移
没有你，世界在台风眼中抛锚

疼痛每日昼伏，夜出
自指端寸寸向内延展
在每个关节安营扎寨
冷静地收割每一株低首的冻草

要碾碎，风语里遗留的相片
和那独属于你的语调
也必然包含我的身体
这曾经是，所有失衡的第一根羽毛

我能想到，那些道路的寂寥
终于等不到我们的殊途同归
这都是造成疼痛的诱因
你把我遗留在此世间
不过就是要我，收集你所有离场

重　逢

母亲的脸，布满了一夜而起的沟壑
总是不自觉地跳、抽搐
她抱怨护士的扎针
邻床的落发
她笑，含着疼惜
询问来路的用时和资费

那个伴我四十年的人回来了
老人斑、疼痛和虚弱
让人沮丧的失忆和萎缩
我都要拥抱
回来的，都让人欣喜

深夜，看你工作的视频

机器轰鸣，产品一个接一个
飞出，机械的流水线
虽看不到你，手机背后的
舞步翩翩
你的欢乐，是深夜稀缺的
月光，被看到
被温柔以待

不是每一个人
都有这样一个辛苦的妹妹
不是每一个妹妹的劳动
都能获得荣耀与赞美
我们生产得已经足够多
但只有极少的你，会为此欢笑
并相信飞翔

来自广东的花草

塑料袋包裹着鞋盒，里面
是另一个塑料袋
套筒玩具包裹着她的童真和意趣
五棵朱顶红顶着花苞
两棵虎皮兰沾满沙土
两三种观叶草一把食叶的苕苗
昨日还生长在你的院坝
今天傍晚就抵达了秭归

这些平凡的花草
随遇而安，善于繁殖
易于纵火整个山谷
也容易被割倒，供人咀嚼

她们，装点了你忙碌夜市之外的有限生活
所以，我能理解她们的与众不同
理解，她们享受的礼遇
一点都不过分
每一棵，都配得上头等舱
配得上一个精美的花盆

难 过

母亲依旧虚弱
蓬勃的只有白发
冬草一样，忍受漫长的冷寂
她坐在临窗的木椅上
身后是我
是空旷的整个下午

即将到来的这个春天里
无法消弭的痛，将一直伴随
逐渐变成了心底的一柄刺
面对着这样短促的傍晚
需要持续地按压

白日将越来越长
立春、惊蛰、谷雨天
回来的这个春天
要细细品味所有草本的苦

布

我爱其上素雅的小花
裁剪成衣，你就戴花而行
折叠，四季就一一停顿有序
哗——覆盖夜色，我们就仰卧于千里沃野

我爱其上停固的季候
暖，含着对苦寒的傲气
殷红，承托着所有娇羞的脸颊
停滞的山川，守护着日日夜夜的相拥

爱其柔软
爱其绵延
爱其纷繁如锦
爱其素净如莲
爱其承欢承难承接竞发的雄心
爱其隐忍不语，浣洗又变成洁净的大地

覆盖着不想翻开的旧日
陈列着夏日鲜嫩的果蔬与江河
好吧，就此布衣，把世间的甘苦重新来过

摞起来的凳子

没有哪一样家具，平日里
像这十个凳子一样毫无用处
徒然地叠加
堆放在不起眼的角落

钢铁铸造的腿犬牙交错
形成一个封闭的牢笼
低矮的天花顶下
它并无囚禁的职责
只关着空空的光影和飞不动的尘

每一个凳面，都已经擦得干干净净
节日里沾染的油污，冲洗掉了
留在上面的所有印记
也都消散了

过 客

好几次，我看到他骑着高头大马
绕过街道，避免那俊俏的马受到惊吓
不让她陷入纷纷扰扰的人流，被拍照

饮马坠露穿越松林
独自露宿荒郊的我
以此，作为每一个陈梦的结局

他来过一次
我必然要转醒，睁大眼睛去寻踪迹

这样的时日总是不可多得
你本来就应该明白，骑行
在宋朝的天下，最要紧的
不过是，西风里一句不成调的小词

我就这样，被耽搁在这里
过客终是要走远江湖，慨然大笑的
我好几次，看他跃跃欲试
走进去——我曾勒马回转的山谷

对一座小城的评价

小巷不知所终
熟悉的人，消失在路上
行道树永远无知无觉
小城里的大人物，对于树木的自我更新
对原住居民的潜滋暗长，保持
一样的无知，和嘴脸

"我喜欢这条小路，靠近你，
也靠近夜晚和归宿"，小人物
有着安身立命的简单梦想
出入门厅，立身时间的段落
吃喝、自卖自夸
喝彩连连，依赖英雄的保护
或者，热衷时代的浪涌

小城小，有针尖的痛
立锥的酸楚和狭路相逢
绕不过去的消防栓

墙壁越垒越厚，如同牢狱，如同深井
我们在此相遇，时常自感罪不可恕

但是——小城里，热辣辣的气温
黑夜到来的时间、南山陵园的朝向
都是一致的。
也不能忽略，一夜染色的
旗帜下，我们相扶而归，突然停下脚步
相视，内心深处袒露的握手言欢

归　路

深夜里，大家都在等
三十六岁的刘远臻
他的婆娘和四岁的娃
鄂西的村，降雪已经连通天地
哆嗦，跺脚，吐恶气
烟头一闪一闪，与冷山对峙

卡车轰轰直逼大门
压车人依次跳下，他年轻的媳妇
挪身下地，怀里孩子还在睡
刘远臻卧于棉被，最后一个被抬下
"头朝里，脚朝外！要走的人。"
李道士指挥下，他打了最后的一个翻身

"煤矿真偏僻，夜里尽是野兽叫
贵州真远，过岗绕湾跨山头
在松滋向北，才望得见宜昌
才算是踏进了自己的地盘

一路上，鞭炮都放掉了三箱
赔偿款已经到账。"

老王一次次陈述
带众人，入山林越重山重回现场
其实这一趟，日夜兼程雪雾茫茫
他的所知，全来自偶尔闪现的路牌
以及道听途说。刘家兄弟返乡的路
一夜间，就有了杳渺歧异的走向

画地为城

每一次月圆，所见都是温柔
绽放的知晓了静默
成熟的开始酿酒，这恼人的小情人
连陷阱都蒙着淡淡的香

空无一人的大地
城墙开始上升
本地烧制的青砖，一块一块
垒起，松香与涛声的城邦
苔藓与墨染早已浸透

多少次骑马远行
就多少次回还
现在，去登角楼
检阅我的安闲之城
看炽热的尘世，遍布的绿与荆棘

坐窗前，送别黄昏

坐在你的身边，众楼都是很矮的存在
疾驰而去的汽车上，刚刚搭载了一个小孩
他熟悉整个街区
应该正赶往另一个孤独的区域
如果把我们的感受代入
这城市，寂寞的黄昏将毫无存在的价值
距离感刺激着离愁别绪
所有的移动物，看起来都像是生死离别

那山烟火

亲朋渐渐散尽
入川进藏者笑语闻雪
南嫁小妹裙角飞扬
微信里，谈天气道长短
与生活的联系，趋向平常

散步到郊野
远远山低处，烟火骤然绽放
一枚，就是一套灿烂的花色
一对，就是数个妙曼身姿、深情回眸
此时，天地苍茫灰白，一片肃杀
已近黄昏

年后清冷，性情也淡泊
静静欣赏，这悄然的绽放
一并，将其闪耀过
泛起五彩的冻土和霜雪的山头
凝视。说服自己，理解关于人世的新知

论 价

集市上，与小贩论价
三棵白菜。由此及彼追溯产地
探讨被撂倒后运输的交运工具
季候的不合时宜
乃至惨绿的深港沪股市
都是理由

其实，我们住同一小区
彼此相熟相知
并非刻意斤斤计较锱铢必争
大清早，按照规定的购买程序
各司其职

请忽视这无足轻重的表达
一生要说多少废话
才能表达，不愿坦白的价值和附加……

就着酒，谈及舟

小酒加上飘渺秋雨
街边小店非常适宜谈天说地
说一些触摸不到的舟楫
谈托举舟楫的漩涡和暗流

由此延伸出舟行大江
两岸的石壁，罗列的
整排的纤夫石
敲击在沙滩上的钩子
也说到麻瓤子，造船的古老工艺
以及那些敲击船板的手臂和名字

孤舟一叶是何等的轻快与孤独
重山轻过是多么的顺畅不停滞
一条大江
穿梭而过
而，江边的小店
牵绊过多少船老大的旅途

良宵，一街之遥

往返，搬运一日所需
成熟的五谷，在农田聚集
印满豹纹的瓜果，几欲裂开
榴红的珍珠早已经夺门而出

各色的豆角，浑圆、颗粒饱满
点火，熬煎，加上香料
在碗碟交响中，耗尽想象

这是八月，初秋将近
看日薄西山，依然要有足够耐性
酌酒，怀想，数个时辰
候繁星洒满山河，身体无所受役

只身，往浓郁夜色的深处
小城的如许繁华，完成撤离
为我腾退了，通向良宵的深巷

孩子跟在玩手机的妇人身后

好多次，我安慰自己
那不是我的孩子

只是孤独而已
只是与假想的危险接近
只是茫然地跟随
存有微乎其微的自闭可能

不幸并不会反复拷贝
存活也并不全是侥幸
爱并非如我所见有所亏欠

割　草

被割掉了，整条水沟里的草
土，都被翻动

成捆的，杂乱地堆放在车厢
我作证，这些都是今年春天
长起来的

与锄草人闲聊
这些无用的杂草
　不留神，就长起来
到了，必须动刀子的地步

雨　中

风大雨急，母亲应该撑伞上了公交
由年迈的父亲陪伴
去往县城另一端的医院
等待输液，等待疼痛的缓解

乘车的人必然超过平日
座位紧缺，雨伞贴着病腿
艰难地撑住身子
过水厂，停靠三个站点，等待换乘
定然没有人注意
这一对年迈的老人

雨浇透了所有的树冠
洗劫了每一颗坚硬的心
我努力回避雨刷器
反复抹擦的雨幕

这是排遣寂寞最好的地方

屋里的人默契地轮换到此
在微弱的灯光里
摸出各自的香烟
熟练地完成点火和燃烧
陷入长久的沉默

阳台悬在高处
依次在此停留

我们始终都是一个整体
一起失掉了山里的土地
失去了土地上垒砌的屋脊

秘　密

绕过抒情的语调
把瓶子倒空
往胃里填塞，过剩的食物和酒
谈天下大事论远近女人，偶尔说到陌生的名字
就加上逗号、感叹号、问号
在陌生的人世中充当评委

偶有人借酒撒泼
大家一笑了之
如果谁以头抢地
也绝不会有人当真
更不会报警

我们彼此心照不宣
一时的失于监管，是小假
是手指肿胀经脉不通肚子拉稀分泌失调
日上三竿，一切都会回来
回到正装礼服的秩序里来

我见过臃肿的你

对面，走过来一个极胖的女人
皮肤紧绷，绝不是自然的肥胖
就如现在我的神经
承受着难以拒绝的晚宴——
衰竭之约
激素之邀

有那么一瞬间，确信
就是我梦里见到的你
向着完全不受制约的方向
失控、失去平衡

现在，我们就着春茶
再说一次，那错过的
一个拥抱和你

打　捞

就在他的儿子落水的次日
他跪在三楼
磕头、哭诉、撞墙壁

两天后，听人说
他还穿着那天的衣裳
更加的落魄不堪
带着更加散淡的神情
在江边走来走去

这是很普通的一次溺水
很普通的一次沉入江底
不上浮
不知所终

傍晚时分，他混在舀鱼的队伍里
拿着失传的鱼叉
在浑浊的江水里，刺杀
夕阳真美啊，有人拍照，拿他做背景
夕阳下，渔夫是没有雕饰的荷花

猫

我学它的叫声，讨它欢喜
它的毛发就是折射的整个太阳

它不理睬。它专注下水道
洞穴，生发出许多神秘的线索

我在心里许诺给它抚慰
包括很丰盛的一次晚餐

但是，它不相信我
而愿意相信下水道、洞穴以及其中的来风

整个下午我都在向它学习：遵循本性
借此得度寒冬

小　镇

有限的区间分布着熟悉的植物
不同季节的皇后
一一诞下王子
来回在晨昏之间的动物们
笑语盈盈
都是走不出城郭的奴仆

迎面而来的人
绝不相撞。我们遵守规则
恪守轨道。
道路规划了我的每一日
早餐、散步或是寻常购物
以期达到自给自足

转角空地时常会来成群的外地人
耍把戏、卖膏药、做展销
以此蒙蔽我等原住居民
街边小摊供养我的嘴巴

也让我毫无来由地哭
或者沉默……

小小的山头
是我打马远眺的地方
暮色里，我总是独自晚归
有时候我也歌唱
写赞美的文字
毫无廉耻地刻画自己的卑微

现在，我要记住这些杂乱的景象
因为一个女子
一再要求汽车慢慢地驶过我居住的地方
当再次展开生活的程序式
我要更加耐心一些
不能辜负了满心怜惜的想象

遇到认出我的小流浪狗

一声呼哨，就从野狗群里
召唤出一道闪电
这样小，第一波胎毛都未褪尽
换作是人，也还未到刀锋相见的时段
跑过来，只是为了相认
一只异族的善兽

毛发干净，油腻不多
眼角存有泪迹的瘢痕
眼睛却透亮。闪电在晚归者身前
身旁闪亮，这让他引以为荣

小狗表达欢快，只需要一条尾巴
现在还加上奔跑，加上叫声
这驯化几千年的兽，高兴起来就近乎返祖

真让人羞愧
它比我更懂得遇见的珍贵
会，比我更直接地表达

沉　浸

江水更加迫近
码头，浑黄的江水铺开了

褶皱的地摊布，摆放着各色杂物
破旧的碎裂的生活中被遗弃的物品
这些碎片进了水
不可能复原。这像极了我

这像是我对待你的态度，一个乱摊于
摆在原本洁净的路口。这样的乱
是揉坏了的纪念卡，是纸币
是一再延迟的电影票，打开又删掉的数字

四下安静空旷，无处可逃
只有跳进这污浊的水流，才能回避
这个清晨打开的局面

夜晚是美好而孤单的

树冠是多余的
羽翼是虚无的王冠
世界在闭合的眼球里，一动不动
张开眼睛，是多么的狭隘

指尖生出了细细的触角，你的皮肤
闪着淡若薄雾的奶色
夜色的掩盖使得古老的美渐趋明朗

摸索是永不失传的技艺
暗自结绳记物
是孤单者最易捡拾起来的一种品性

雨中行

开门，接受腐掉的物质，以及
由此酝酿出来的气息

穿上气候陪嫁的纺织物
腾出手，撑起自欺的伞面

像一尾鱼，游动
水这样多余

眼睛里充满了迷离
耳朵有单调的幻曲

雨，产生了怎样的脾气
深陷在沼泽里的鳄鱼微微地叹气

在乡下，读你寄来的报纸

一枚八角钱的邮票，承载得太少
必须小心地裁掉多余的
边边角角和整版的广告
留下新闻和战报

用你纤细的手指折叠、按压
做成方方正正的一块饼干
放到胸口烫平
再把一纸平展邮寄到乡下

你的生活因此挤满你并不喜欢的人
乔丹、马龙和小罗……
你知道，一百公里外的山里头
我期待着斯台普斯球馆的欢呼
意甲赛场上空的一缕阳光

那是九九年的乡下
一周两趟的邮车刚刚好

两份《体坛》两封情书
读报，从每一道折痕开始亲吻
读报，从每一个铅字体味芳香

YZ，你给的那些报纸
一张都不会少
深深地压在我的箱底和心里
我要一直看到折痕苍老
看到岁月的苔痕爬上鬓角

途 记

车过仙桃，暮色已然浓稠
下一个站点在天边
四下里，都是陷入黑暗的人
和人，不太交谈
偶尔三言两语，都局限于倒退的故园
昨日黄花清瘦，来日闲雅薄

我们，玩手机
看无聊的东西部决赛
浏览心灵鸡汤
与人异地对饮，甚过平日的热度
距离遥远列车提速
离心而出的，不只是轻烟的愁

俯瞰整个平原
我必是那，灯火之间疾行的兽
网络也追不上
一句一句，都成了不能发出的

断章，一句一句断开的联系
都是悄无声息的谜语

车过天门
断断续续的消息如同卵石
在清浅的潮水里
纷纷涌现，这一时
平沙淡云夏潮声声

临　界

奶的汁液层层涂抹
玻璃因为背靠秋风，温暖的一面
露珠慢慢集结。在室内
雾色浓郁，不眠者的眼
短视，看到的都是柔软的部分

午夜，这偃旗息鼓的小时代
老旧的街灯笼罩成一座锥形的塔
精力尚未耗尽的几只灰蛾，进出、进出
光的线条，是斯时最值歌咏的对象
在凄清底色上，圈一个温暖的圆

临界如此分明——冰点、光束和神龛
非此即彼啊！选择！
黑色幕布上，世界被割裂成块状
有的这般局促，有的又如此浩大

我们一起背诵《匆匆》

约你一起，再背一遍儿时背过的散文
把匆匆的时光，镶嵌到现今的嗓音里
但是，在夜色降临的时刻
我们决定，放弃对前半生的回忆
匆匆地赶到现在的坐标
轨迹延展出来的相遇
已然出现，就在下一个冬月

夜色，是我们相爱的理由

灯火点亮，我们已经来不及关注
是否，所有的鸟儿都能准确地返巢
热气球追上了太阳

鸟喙像是一个箭头，扎向黑暗
那里的枝条既是栅栏也是墙壁
或者称作我们熟悉的窗户。热气球浑圆
偌大的躯体，伴随着呼呼的喘气
圆圆的物体本应该在天上
虽然它们会缺，会因为遮挡成为一个暗影
日落还在进行，我们总要屈服于同一种
壮美。把山河，及其上承载的东西
拉入同一个巨大的火山口

在风中站立，两棵树
相互理解，捕捉彼此放飞的昆虫
木质的身体着火。黑暗里发出巨大的响动
叶片欢欣鼓舞，没有什么情感表达不尽

当我们相互抚摸，以春天的枝条
以暗夜中低声的唤，以草木之心
白日里，两棵树健壮又挺拔
光合作用在每一面叶片的表皮，不曾停歇
现在，我们要慢慢体味
默默地咀嚼空气中的微苦，向彼此
倾诉，以清新的气息
夜色，就是让我们真正相爱的物质

自　由

不是翅膀
不是天空
不是没有鹰隼
不是没有装弹的枪管
而是物以类聚，良善者遵循自然
弱小者死于捕猎

不是赞美诗
不是一致的颜色
不是服从
不是偷换
我们只听从时光召唤
听从死亡的派单

不听从薪金
不听从路过的谣言
在生长的土地上
长高、收割或者被遗弃

献 诗

也许，再难以遇到一个这样的你
年轻，保留着少女的美丽
怀揣梦想，想要爱一个并不熟悉的男人
穿过初秋的清晨，走向成熟的田园
孕育，像所有伟大的母亲

秋天，只要一个时日
就可以触摸
一场雨后，已经感受得到凉意
低首的事物被一一提起
谷子、河流与咏叹调

也许，再也遇不到一个这样的你
会老去
会把爱变成琐碎
会成为每一枚水果
会成为妈妈、奶奶或祖母

不止一次，说起宇宙的
玄妙，都源于此

未来是一个取核而食的时代

大川静水深流

霜降日，万物肃穆

神兽攀高远望，雄鹰巡航

我们学着藏起悲喜爱惧

沿着河道去寻清澈溪流

去寻生命的源头，清冽的点滴

从壮阔与波澜折返

溯源之旅，爱初始的柔弱

更爱：奔跑中满怀的欢欣

要——清点

跳跃塑造的小潭和跌宕

一路上，扬起的每一朵浪花

生命对于你我来说

是一段可期的旅程

足够去攀爬陡峭的石壁或者书页

去收割一季麦田

得渡深渊上悬空的渡口
或者命运的十字路口

我们还会一起
迎接数个飞霜舞雪的清晨
阅尽群山笑靥如花
想一想，这余下一生的快乐
就像是一颗颗坚果
被打开，取食其中的内核

山　间

我来告诉你们，那些细微的美

她走过的路上，云霞翻动
草丛里，果子狸转动的脑袋上
竖立着那对完美的耳朵
贪心的男人，匆匆向着山峰
他的头发，白得如此黑黑得如此白
浩荡长风，吹裂了石头

告诉你们，这些落拓的美

一片叶子替我问候山谷的深度
一枝不名的乔木，守着岩壁关垭
伸出数十条手臂（明年，还要再生出
更加葱茏的臂的丛林）
拥抱地心里升腾而起的呼吸
代替我，容纳风沙
在凉澈中成为过往的通道

少女骑车过信江桥

梅园大道的梅花已经落尽
这只是一个极小的遗憾

只要右拐，就能够听到涛声
不用辨别也能听出
与 320 国道的喧哗，不一样

日常所见的车流
在风里疾行，或者
耄耋老人，独独地朝圣
满江的潮水抵不上滨江公园的一声鸟鸣

右拐，在沿江路上
画一段垂直的线
信江的风就吹了过来

一群少女骑车缓行
笑语当作了铃声

风吹脸颊冷，她们单衣
凌空过大江，风里
孕育着来春的消息

玻　璃

像珍宝一样的贫贱
空阔不染尘埃，却最敏感
敏感到破碎啊、崩散
无数锋利的刀锋

我的小情人，找不到其他
更贴切的比喻
对你的爱
都在这片轻轻的
薄

茶座里，一串钥匙让人联想起命运

玻璃窗上木质暗纹纵横
美的传统是装饰
时间小小的漩涡中心，有人落座
杯沿的嘴唇等待着沐浴和熏香

迷人的地方百花正在齐放
窃窃私语的情侣，庆生的小聚
一首诗歌的现场烹制
温热的灯光让你我眼里荡漾着良宵的风情

一串钥匙丢在桌面，钢材的质地冷峻
隐含谜语的凹槽，像电波
含着密码的凸起和陷落——
它知道整个世界婀娜与多姿的秘诀

这就是我们散场之后的走向：
向着它们指定的路线，分道扬镳
在自己的世界里环环相扣
凭借它们的暗号打开不同道路与时空

不信任案

途经高山村落，一个女人突然出现
在汽车前，央求捎带一位病人
去一个未知的路口

缓慢上升的车窗表达了委婉的拒绝
这笔直的路段，被拉长
众人陷入短暂的失语

后视镜里，女人的影子越来越远
再也看不到她的无措
她也看不到我们集体的沉默

良心的谴责与病患的折磨
是这一刻纠结的中心
但，我们选择了第三套方案

深夜，送人去隔离点

黑夜里奔驰的救护车上
我正做着你做过的事
陪一个邢台的司机去隔离点
我们详细地讨论
再过十三天，就到了解封的时间
腊月二十八，焰火将点燃
八百里行程，刚好度过黑夜
他在车厢压抑着呕吐
一个驱车人正经历着颠簸
眩晕和未知的路程
这落魄的异乡人
背负着家乡莫须有的罪名
发配，到山里
他锁上车门，颓然就缚的时候
脑袋缩在楚城的风中
让人想起林冲过沧州，铜雀空锁
要同情这天下的奔波
为了莫可名状的指控，甘愿熄火，等候

要体谅我，正做着你做过的事情
陪一个人，奔向深夜的隔离点
等待洗刷，等待再一次启动长车

凉 夜

很多年前，外婆放下了
灯盏，驱鬼的桃枝
一辈子点灯、吹灯的女子
终于停歇，在屋后的石坎旁
伴青苗，从此寂寂无声

年幼的我，有一段时间独自地
躺在她死去的木床上
听她窸窣穿衣，过弄堂
门栓发出滑落的声响

清晨的雨，延续着昨夜的寒凉
到处都是葬人的山冈
我们的悲咽大都一样
因为失爱
因为遗落在炎凉的地表

我们终将走散在山谷

秋色浓重，小小的草茎之上
呈现失于收获的遗憾
并非所有的果实，都如芝
可以越冬、可以忍耐节气
的巧舌如簧，如山脊
蹲守，待天明

气流的点染，丰富而层次分明
火堆则毫无章法
红的黄栌叶，在山谷里飘荡，点着了
金色的银杏、蓝朵儿
和岩壁，木炭一样的枝条
摇曳绿色的焰火

沿途的人如蝶
奔向爱的、欲的、天国的火塘
随火苗升腾
毋庸置疑，对于速度
上升和消亡，我们只能顺应
并在山谷里，走散，不知所终

终于安静了

当棺椁合上，就安静了
即便此刻，哭声最为泛化、高亢

拾木上肩，就安静了
些微的晃动，类似某次醉心的眩晕

被放到墓穴
泥土飞雪般倾倒，就安静了

终有一日，在谈起你的时候
只靠着数十文字一枚青石
回忆你的一生，就安静了

回　放

一声哨响掐断了比赛。一遍一遍
重播，争议的细节被回放
放大、定格
电光火石之间的小动作
依靠科技，重新呈现在世人眼前

同时被放大的，还有
脸部的抽搐，一瞬间
乍现的恶。回放
给出真相也给出判决

但我相信，还有人走出赛场
如我，倾心于时间的河流
澄清一切。白如霜、沉重如石
无须指证、对焦和时间轴
一切恶，慢慢变得温顺
所有的受辱者，在星火下暖身
月光里只剩一副清白骨骼

一段波纹的前世今生

大地以及其上的落日和光辉

适时营造出庄严的晚景

我居高，目光溯流而上，水天之间流动的光线分

外可贵

一日的结束，并非都是新的开始

这个短短的傍晚，必然有一些事物，与我诀别

一条木舟缓行

湖面上切开的波纹，在尾楫之后漫延

先是角度慢慢扩展……

水花潜入隆起的波峰……

推动漂浮的身躯……

接着，准备迎接下一轮，舒缓的抚摸

木舟缓行

扩展的波纹在河汉消散

在水草的头顶消散

在水鸟的脚蹼下消散

直到，打鱼的夫妇弃舟登岸
波纹的手指瘫软，消失在深深的河谷

这是多么生动的一课：
平静的湖面，切开酷似伤口的波纹
以及更加酷似的——伤口的弥漫延展
当然，也包括它最后归于寂静的修复

信　任

可以信任云朵，她无论怎样变幻
总有水的内心。可以信任风
她听得懂大地上孤独的树
可以信任的东西有很多
由此，我们的生活得以重构

至于那些消失了的东西，不在了
也要信任
要信任她们的转化
正是这些要素，记忆才得以心口相传

温　暖

要克制，懂得尊重火种
熄灭、光芒散去
让伸出的胸脯一点点衰老
交还出饱满、坚挺

要尊重一根火柴的高度
理解他
不能点燃所有的树木、煤炭
不能点燃房屋、道路
即使冬天
也要克制，避免把自己变成火柴
避免火柴的一生

要尊重我的克制
更长的时间里
我要固执地保留三根火柴
在内心、你的指尖
我的眼睛

秋后的田野

从坝首，贴着绝壁逆江溯溪。寻水的源头
打开道路尽头的栅栏。触摸木质的脊梁，草本的
雄心
山脊之上，洗过的天空，色泽正不断地加深
蓝色血液的星球，万里良田，惠风和畅
天地已浑然一体。这乡间的土房、炊烟
从城市返回的铮铮铁骨的建筑，农旅两便的超市
播送时代音律的广场，只要漫步其间
就能融化，呼吸沾染上露水，眉间氤氲着水汽
候鸟一样的我们，来这里越冬、收拾行囊
脑海里，古老的电波从未消失，
新的波段，新的频率——

田畴被规划，铁犁被安装上马达
栈道不再是为了逃避和战事，搭在云头、树梢
在大地垂直的上空，飞越湿地俯瞰绿浪
随浪，亲吻倒映其中的背影
走在迤逦的田埂，阅读季节圈圈点点

的注脚。过了这个秋天
2019 年的田野，安静地等待着
高粱、稻子和瓜果，慢慢凉彻颗粒归仓
等待着，三尺泥土下的热，一层一层地涌来

偏 爱

总要承认，嘴巴只爱部分的甜
心之所依的温柔，试图作为摆放夜色的幕布

幕布遮盖了我所不喜的
因此我偏爱幕布上面持久的黑暗
就不是没有道理

猫腰疾行的老人

一个猫腰疾行的老人，穿过树荫
花白的头发暴露了，刚刚过去的除夕
冷静的背面

应该是去迎接儿孙，或者
补购年货
这个年纪，大约都要这样
忙活

但是，当这个陌生的老女人
猫腰、疾行，独自原路返回
明媚的阳光过于耀眼
我关掉窗户，回避我无意的联想

祝　福

途经一个小乡镇，道路干净
车辆和行人在分岔路进出
汽车缓慢，年轻妈妈牵着七岁的孩子
庭院里满盈着慰藉人心的烟尘

车窗外闪现婚庆的标语
听不到锣鼓，只看到挥舞的手臂
一对陌生的男女，自此相谐

菏泽之畔，风轻盈
通向异乡的路上，心是柔软的
奔忙总是值得。祝福赠与他们
以及他们的众亲，相爱需要结局
相爱需要告白天下

早行小记

下弦月悬挂在前方
勾画出所剩无多的半旬
明亮的部分将逐渐被涂抹上灰色的影子
等待着，下次
打开明朗的天界

青灰色的山脊，已经蓄势了千百年
既没有跃升也没有下沉
安稳的矗立中隐着无数灯火
供养着我们的归宿和温情

所有毁掉的都值得去爱
我们，曾流着泪不忍割舍
固执地挖掘余烬里的热
对黑夜中的长谈和烛
一生守口如瓶，只在眼底流露火苗

隐 情

彼此怀揣着心照不宣的秘密
开天窗，说闲话，把灯亮到很晚

在心里安慰自己，原谅彼此
这就是很多人的一辈子

拥抱着凉下来的身体
在季节的温度里随遇而安
换新衣，戴上各色的饰品
很多时候，蛇盘旋在额头

大地上安静的人们
倾听着岩石下的声响，将恐惧隐藏起来
要么在墙壁涂抹，让心脏搏动的色彩变得斑斓
我们是多么可怜的一群
患有相同的病症
间歇性瘙痒、心动过速和失眠

这一段时间，许多事趋于表象
更多的人，要停下来，临水梳妆

小日记

1
很多时候我唤你姐姐，把你描绘成明亮的鹅黄，
互相信赖，彼此倾诉。交换难得的经验。
这些经验来自年少的眼睛、行道树下的牵连；
来自婚姻、对爱情的反思；来自妥协；来自
不多谈论的年岁、尽量避开的敏感。

共同回忆，空荡荡的广场、一再错过的路口和
春分。
刻意从你居所经过，看望寓居此地的候鸟。
为下一次谈话，增加一声惋惜的喟叹。

稳定的气温，潮汐一样节律的人流，一切
犹如轻轨之上的毫无波澜。姐姐只是其中一道
小小的波纹。我们在等待着波纹的消失
等待着，晶莹的湖面，呈现宝玉的圆润。

2

一生中，有那么几个日子渐成煎熬。
校园广播里播放的青春
飞过去撞在护栏上的瓢虫
静静等待命运分配的考桌
狭长无光照的甬道，你独自走到我的面前。

这时候，我愿意一再地后退，丢下即将开始的
生活
抛开各种菜蔬、不同品牌的香烟，一度信任的
神灵
和祈祷的手势——做那路口等待的少年。

但，否定是多么容易出现！
是多么易于潜滋暗长！
每想到，面对着不同的夜色，
否定就是这样坚决！

3

即便我们像所有相爱的人一样
把自己献给祭坛，苦苦地抓住升腾的袅袅烟火
不放手，我们也一样要彼此折磨：
无可挽回地看你老去，选择一个率先离开。

即使我爱她们一样爱你
我还是无可避免地受到诅咒

落进了厌倦设置的圈套
像极了入冬前的羊，为了御寒整天进食。

病死病榻的人，牢牢抓住木质床脚，
溺水而亡的，握紧的拳头里
是扼住喉管的水流，
现在，我惊恐地渴求爱，与你爱。

背　影

抹上烟波，秋色就盈溢而出
倾斜下去的山川
终是每一个浅梦触礁的夜半
少小离家，要借少年短暂的一瞥
得以缓慢地回

深夜，絮絮叨叨的老者
说沧桑的历程

那时，很小的眼睛
看到的都是很大的世界
那时，美味需要季节的馈赠
还要看天，看气候，看收割的火候
等一个人，要走许久去迎
送别，要走三道梁十里坡
才算送完

也说，迎面而来的死亡

是逆行的货车
是高楼下落的花瓶
是电，是雷，是一次次道别的预演
更多，是毫无征兆的静流

一生要历经无数个霹雳和闪电
又仿佛从未发生

一百亩田地

春天来了，一百亩田地等待着——
砍伐灌木、收割草本
放一把火
覆盖泥土和畜生的粪便
春天的一百亩田地需要这些
烟熏火燎的气息
在原野上烽火连天

春天来了，一百亩田地静静地等待
冰晶成露、东风渐进
潜伏者蠢动
新植的胚胎饱满
放眼望去，起伏的泥地站满了耕作者

一百亩田地，没有名字的一百亩
养活了村寨的五代
现在，春天来了
一百亩预备再豢养遗留的所有子孙
预备着，春风一吹
就播撒，次第展开花朵和豆荚

职 业

我将终生学习，破解密码
了解一株草何以衰败
一颗石头脱离了悬崖
鱼，磨牙
鸟，在乔木之下耳鬓厮磨，消耗掉

我将努力学习你们的语言
你们的表情
学习你们的着装、适当的裸体
试着把我的了解
解释给我自己
把我所知道的，向自己
翻译

我将混进你们的眼睛
黑白各自一半
打探。你们如何让灵魂的安然
变成睡眠

如何让手掌萌芽
枝繁叶茂
我始终是一个卑微的间谍
对自己和你们

我将独自放养
在冬天收获，
耕种。
一半用于口服
一半研磨。
一半，作为种子
不出卖、不交换、不展览

骄 傲

站在这里的我
早已经迈过三十的界碑
收获了一个女人
目光不再肤浅、迷离
有一个孩子
随时可以把另一个自己
扛在肩头

虽然时常怀恋过去
还能在心底培植
一种叫青春的水草
相信它能开花
并在水里完成繁殖、生育

打开一张白纸
能写下自己的灵魂
站在你们面前
朗诵，不觉得羞愧

骄傲，我没有得到他
但世界得到了我
有一些气息、乔木和石头
将以我为名

清晨十四行

醒在陌生的房间，一切
季候、窗棂和墙壁

都不属于我
虽然在此之前，也未真的拥有

网，越织越大
空旷的水域，穿体而过

那深处的凉，往往
以另一种形态呈现

无他——且体谅催生晨曦的梦
要体会，醒来时的欣然

比如这时，看到的冷
一夜降温后，还没有复苏的街巷

比如，这难得的晨勃
对生活，始终跃跃欲动

盆　地

被切开的山野田畴，盛满了
金色的浪花、粉嫩的枝丫
时光静流，在此迂回
乡愁乡音绵延在起伏的山冈

新绿，一片一片，连着竹林
连着青瓦屋脊，连着白墙飞檐
更深的田垄，连着满坪满坎的菜花
我们在这狭小的盆地
肺腑被照耀得金黄闪亮

盆，小小的金盏，弧度优雅，温润如胸
像那瓷碗，盛一日三餐
如枣红的木盆，盛兰汤
沐浴伤痕累累的身体，洁体净心
也像骨盆，温暖的低处
繁衍生息，孕育暗暗萌动的山川

我们，坐在盆地的中间
谈论春天的河水，浸润的原野
静候，红薯、豆角和南瓜
枝枝蔓蔓牵牵挂挂，织一张网
串联起人生的悲伤、喜悦和荣耀

就在此地安身吧
只为了，四野的宁静，山泉演奏的乐章
只为了，自由的安闲，最宜于驰骋幻想

裂开的石榴

站在石榴之侧
愧疚不已。我不能如此坦诚
面对季候，低垂丰收的羽翅
在季节里自然成熟
只吸引甜蜜的蜂蝶
自然地，染上成熟的红

一株石榴，开花、结果、坠落
依赖雨水，多么幸福

夜里，石榴壳炸裂的声音
清晰可闻。我不能如她一般
毫无保留地吐露，抱歉
疲倦的人们不会为此稍作停留
哪怕她，剖开了胸膛
露出了，被称作籽的脏器

寄　语

1
我承诺，要写下你，写下你的生活
好像非此不可。非此不足以表达我对你的感情
好像这样你就会感知我始终都在你的周围巡逻

秘密总是隐藏在最为平常的道路
可能就在，推开窗户望到的那些个草丛之后
要感激自然，颗粒归仓

越来越多的树木超过了山峰
直到有一天，我要抡起斧子
砍掉多年前我种下的那些树

我承认过，这就是最真实的梦境
骑马来去，要把所有的羊羔带回
虽然距离越来越远，黄昏越来越低

2

有一天，突然卸下了所有的包袱
走在乡村的道路上，在乡村的呓语里出没

鼻翼清晰的纹络
缀满了清晨的露

疼痛的河道，失聪的橘子树
那样多的人，跑过去

我将包袱丢在路边
想要挽起整个村落的手臂

3

落雨了落雨了
你的语气没有半分情感，但寓意不言而喻
就如同，我看不见自己的脸
想象得到，它对生活的态度

每天我们要相互诉说
然后，由着它自生自灭
仿佛：话语本来就没有意识
不过是跑进了没有声音和光线的世界

半 生

人到中年，遇到什么都有点晚
悲哀都是即兴而起，不纯粹

往前挪步，还有漫长的征途
细思量，缓缓地让时间称霸

匆匆地着色，画布还差几笔
靓丽的线条，总毁于急性的性急

就连奉于你榻前的情话，都气短心虚
过去的难以交代，即来的只剩浅浅一半

深夜加油站

拐入空荡荡的停车道
四下没有灯光，阴森。幻影在大脑闪现
让人胆怯的怪物，隐身在周边

奔驰起来，两盏车灯就够了
在黑暗的山谷划一道闪亮的曲线
现在，引擎低速
流线形的背部因为紧张，绷成一道弧
安静下来的豹子
俯下身，紧紧地锁住
巨大的胸腔，优美的共鸣箱

水泥地面冰冷而坚硬
废弃的厂房矗立山脚下
灵巧的四肢，压抑着轻轻的跳动肌肉
原住民，仰卧在梦中

长方形的加油机上有一把金属的枪

打开阀门，深埋在地下的油罐
流淌出深色的血液
会送这辆汽车，再次驰入更深的夜

埋

我们埋宠物在山林
埋亲人、朋友的尸身在南园
埋一段感情
埋可怕的噩梦
埋秘密
埋土
……
以此，为生活腾出空间
但是，埋狗也埋掉了欢乐
埋肉身也就埋掉了过往
埋掉的破碎感情，以碎片反刺身体
埋掉的风，在人群间扩散

身陷如此之多的埋葬品
我，以它们为埋我的泥土
以自己，为青烟中垂泪的祭奠

车祸现场，骡子

卡住的驾驶员，成了猴子
被责骂，被众人笑话
无关生死的一次撞击，在网络上飞

现在，我们来说一说车祸中的骡子
折断了腿的，委顿在地
等待屠宰，背上的包袱尚未卸下
竹篮子、钢丝绳，它每天都在用竹器打水
都在勒脖子，以后再也不需要了
腹部切开一尺口子的骡子
拖着即将流出来的内脏，沿着来路往回走
它原本多么健壮，篮子还剩半筐沙

它太像一匹骡子了
急着赶回去，把另一半负到肩胛

无　题

相遇在暮春，数个轮回将
自此展开，随着夏天的来临
花散叶开。你看，尘世
界限总是分明，清晰地显露
撤退的路线，即使我们曾刻意回避

我们感叹短暂，同时感恩
侥幸地远离了战事、谋杀、病疫
彼此的真实存在就接近圆满
劫杀与自残，一直如影随形，要承认
毁灭掉，才能够重建于废墟之上

这就是，所有的表述
你就是那个，可以毁掉我的人
站在隧洞出口的人

雨季即将到来，北回归线之南
将彻底地陷入普遍的升温
何须多言，我个人的热情
在集体性的炎热之中，依旧是个个案

途经月明山

明月尚未升起
暮色在露珠里聚集
汽车驰过幼年奔跑的山坡
那里，埋着外婆
炊烟依旧，再也没有绵长的呼唤

小时候，我依赖你们
当你们消逝，我爱上山花
爱上叹息，爱上疼爱我的女子
爱上远远的逃离

老屋场

路淹没在草丛
山林里尽是野兽
吃庄稼，坏农舍，居家的狗孱弱
老农指引着回去的方向
我努力劝慰这暮年的幻想

我爱着微茫的野火

拍摄的速度一再降低
隐匿在白日苍穹下的星辉
就会一一聚集，展现
光明和星火之间的联系
像是玩具手枪射出了子弹
彩色的涂料，砰砰涂抹到白壁

化外的微尘
一瞬间定格下来的微光
构成了宏伟宇宙的微观大义
我匍匐在楚地，一米见方的木桌
不语，不说出你我共知的秘密
要表达，就亲吻

我深谙分道扬镳的道路向着黑夜的
纵深，对于季末的衰草报以深刻的
感激，想要在渺茫又单调的路上
奔行，去标注每一棵没有树叶的

电线杆，孤独的守护者

我深深爱着远处微茫的野火
爱着她带来的温暖
我曾依偎着火堆度过长夜
而不是，凭借着星光的荣耀

山　冈

大风沿着河谷向上
每一根毛发都清爽
极目远眺，能够看清远在低谷的禾苗
世间的走兽各有轨迹
饮马江河或是涉水而过

天空是一张展开的棋盘
彳亍边缘的飞鸟
折翼的飞机
都是浅显的足迹
有人急于重新再来

小树林里卑微的渴望之下
小草纤细的腰上挂着昨夜的泪滴
挽臂的乔木
在风里摇摆，偷偷地亲吻
小小地初次触碰，让粗犷的汉子感到温暖

数不清的石头

从地心里翻涌而出

在高地，怀念清泉越过天空

水的咏叹

来自少女的乳房，我们就呜咽
用它堵住哭泣的嘴巴

来自眼睛，我们就用手掌承接
虚拟的东西都要一一握住，等待在掌心里面消
失掉

因为着色与渲染，我们珍惜它
它天然地，溶解掉苦涩、甜蜜和记忆

因为带来死亡的礼遇，我们就靠近它
看，云霓的聚合与离散，尘世斑驳梦境的折射

夜长江

黑暗里，我也知道你的所在
身体柔软，起伏不定
呼吸带着温湿的水汽
蜷伏的膝盖一个叠在另一个
之上，曲线比白天更加柔顺
贴在冰冷的崖壁。有一些
逐渐变得春意盎然，有一些
在黑夜里步入庭院。你在黑暗里
什么都没有着装，我知道你的所在
黑缎一般的身体，随风飘扬

我遗失在你身畔的脚印，微凉
被你拥进臂弯，擦拭
如同擦拭古铜饰物
一遍一遍摩擦，直到泛起光芒
你容忍我，容忍我的脚掌
沾满了沙砾，你的臂弯
就是香甜的胸膛，我曾不止一次
在此低低地啜泣，让你搂住

暗自颤抖不已的肩膀

黑暗里，你收回我低低的叹息
把我的目光挽在手里
如同牵挽你的头发，一扎一扎
指尖上盘住。把我拉近
把我收留，不让我在夜风里流连
把我放在孤独的所在
安慰我，为我在孤城里点烛
吹灭它的焰火，把黑暗抛给我
伸出你的手，让我握住
要我给你力量，要我感到
握住的力量，是一种
彼此都幸福的触摸

这是一个秘密，在我的窗口
眺望，我知道你的所在
你就横陈在那里，一艘大船
逆水而上，各色的灯光遮掩参半
人影憧憧。有爱情
在酒杯交错……有眉飞色舞
在唇齿间，在褪去衣裳，在夸张。
一艘运送千万朵花的大船
逆行在你的身体之上，黑
暗里，你一寸一寸被切开
我的眼睛一寸一寸被光亮
灼伤，一寸一寸瞎掉

植 物

案头的芦荟，青翠而干净
曾经说过，"看着它们，心里有个念想"
那时候，它被寄予了更多

一位老人，把青花瓷盆里的剑兰搬到楼梯口
端来木椅，纳凉
静悄悄的中午，疲倦睡去的人
忽略了他和它的交流

想起了那死掉的金银花
搁在门梁上的鸦片种子，已经两年
"鸦片的花，像油菜，香老远"
那是老人常说的童话

各样的植物，都在大地上生根发芽
被寄予很多。
这样，孤单的日子总会少的，总会少很多的……

路边的野樱桃

枯死的植株，像是一排排哨兵
在去往文家岩村的路旁
站满，还没有被翻开的土地
这偏远的山村，连春色都要迟到

一层层绵延的梯田
横亘在肃穆的山林之间
解冻后的地面，松散
这些站岗的哨兵
是辣椒、烟杆和秸秆

一棵野樱桃适时出现，如盛装的少女
披挂着千万朵粉色的蝴蝶
迎风起舞。只要走近
就能看到娇羞的笑靥
就能看到，每一朵笑脸中的花蕊

大山不能给你更多了
一棵野樱桃，轻易地消解了
所有的疲倦和单调

小 刀

被拦下，是因为背包
藏着折叠起来的刀
这利器从未饮血、欠过人命
也没有为谁壮胆撑腰
连江湖，都未曾行走
只不过挂在屁股后面，安安静静
与几把钥匙为伴
现在，它躺在车站安检的桌子上
贴上标签，签上我的大名
放进铁匣子
在去往省城的车上
我如此地想念锋芒内敛的这把刀
承受了这么多屈辱和中伤
被丢在人生地不熟的地方
它会不会愤怒
会不会升起杀人的心

清明·月明山

月明山下，任何一处残垣断壁
都能写一个长篇、一个剧本
就能把我和母亲、外婆的命运
重新纠结到一起
但往往，我只是在诗里提起
由此引起几声叹息

月明山寨依旧柴丰水便
山花烂漫无邪无忧
我们再次陷入回忆，以不同的语调
说兵荒马乱命如蝼蚁
说客居他乡永不回还
说人去楼空子嗣远行

这些独特的家族故事
让几个回乡的人恍若隔世
四下青草已经割完
新土已堆放在坟头

向着虚无告别吧，能够想象
这必将会引发无数间歇性地哭泣
欣然或者沉默

清明·山花

过烟灯垭，雨已经清洗完整座山峰

先是树梢、越冬灌木的叶片
然后是吐芽的枯枝、粗糙的树皮
最后，雨水在地面汇集
陈年的树叶开始了分解

车行无声，寂寞的雨刮器
一次次擦净车窗
大片的新绿带着乳白的光泽
凸显于深郁的森林

高挑的樱桃树
赶在叶片出现之前
聚集起整个山林的绯红
彼此牵连，远远相呼

天浴，不会错过每一寸大地

这些圣洁的花树

在清明的雨里，等待着

散落凡间的孩子

麦子，麦子

风掀起一层层绿浪
柔软的叶片之间，生出针芒

一垄一垄的泥土
拌着烟熏火燎的家畜的粪便
散发出粗犷的气息

多年前，我们排队经过
碎花的衣裳
裂口的脸

赶在日落前回家，捡零散的石子
用泥巴填平低洼
等待着，麦穗铺满整个院坝

哦，献给 2019

哦——这是对生活的应答

无论艰苦，还是甜蜜
也不论未知还是鸿门
我都认。善躲的和尚只有一个
躲不过的庙宇，却天天要去

静候最后的时间，在炉火边升温
落下去的秋叶，不能转绿
黑白的人像，已不能重染春色
把那些逝去的，如这书页
徐徐翻过

哦，向晚的太多
落下的还在继续……
那就让明日升腾起来，由我先来自报家门

元　宵

待暮色
包裹整个大地
钻石一样的灯火
将——点亮
勾画出树、楼宇和天宫
就连尖锐的刺
隐蔽的陷阱
也坦然露出了轮廓

此时
邻家的十三个女子
沐浴已毕
换上了新衣

此时
城里的青年
拨亮烛火
山冈之上，月正圆
雨过的天净如缎

几棵漆树站在雪地

雪域里，挺立的枝丫是沉稳的
就像雪层下的岩石
就像陷于深眠的树根

这沉稳需要耐性，尤其是
往日的枝繁叶茂，换成了偌大的空

尤其，褪去青衫
裸身在这荒凉的寒季

如果不是自信这雄性的器具
还要勃发，就难以忍受寂寂无闻的长冬

这棵老漆树，切口已经愈合
而那些小的漆树，尚未经过刀的割礼

三月三日

根系为了枝蔓
花朵为了果实
三月，为了收获
红的、白的和所有粉的云
我们为了
吮吸云里的露水

那些意外之喜
多得像破土的笋滴落的冰
惊蛰既来
地下，如十八女子
突然的，心动了起来

要怜惜
迟迟不曾打开的叶芽
促成了树树繁花
一月的春光就此乍现，还有
二十八个温暖的瞬间，但
三月三日，却只有一个

乡 村

近处，村庄眉目清晰
牵手母亲的稚子
尾随身后的家犬
点点跳跃的禽类
青砖碧瓦掩映树林其间
目光每走一遍，心就更加柔软

稍远，青山换成深绿
一山更比一山高啊
小村庄，高高低低爬满了山梁
老祖宗、老大爷，一辈一辈在远山上爬

再远，青黛的笔触，一层一层
瓦蓝的青天上，云深似海
不知来路，不知归处啊
每座大山，一笔就写尽了世间的起伏

燕子飞过长堤

越飞越高，高到山河缥缈水天混淆
高到，疑心我所见到的燕群
只是风里舞动的
柳条上些微成型的芽孢
三月河堤
春花点点在两旁
而你们翻越了藩篱
直接扑向了繁花似锦的原野

儿童节的致歉辞

干净要掩盖起来
单声要添加表情和演绎
爱憎要经过处理
身体要长大
填进去哲学和思想
加进去各种动物的骨骸、添加剂和人
抱歉，我已脱不掉这污渍满满
皮肤都是油污的
骨头都是退化的
脱不掉了，这皮囊

所有的孩子，祝你们快乐
当笑声只是打开自己
哭泣只是为了悲伤
当你们的所需，对世界无足轻重
对他人无所伤害，而且不是为了弥补
我早早地，替你们写下这致歉的语句

寄 托

不关心河流
也包括，倒影其上的山峰
不在意巨轮轻舟
在小镇短暂的停留
连绵不绝，千里不可穷尽
蜿蜒如带，牵动不了山野的鼓手

平凡，有娴静的温柔
日日面窗，自然还有白云的相守
一辈子，都不能沐浴的微雨
总会，被假想，作为下一次临风的借口

她是一个安静的女子

不说话，不嬉戏，她端坐在窗前
我背着书包从她洗净的台阶走过
皂荚的香味在晨风里飘荡

她只是微微表达情感
在神秘的阁楼里
轻声发出咏叹的曲调

她是一个安静的女子
她已经嫁人，搬出村子多年

乡村笔记

如同羊群，散布在山坳
对所有的岩洞和绝壁都充满好奇
直到有一天，深陷地下洞穴的迷宫
我们绝望地拥抱、告别

如同候鸟，结伴远行
在陌生城市巨大的水泥建筑下留影
给人投币：流浪歌手、残疾、乞讨的小孩
吃大排档喝大碗酒，给打工的小妹留电话

如同一场迷幻的梦，小英挽起长发
菲儿碎花的裙子是峡谷浮动的晚霞
山峰、坦荡的腹地，还有河谷
欢愉挂满了枝头，那样多的颤抖
黑夜里，我们的身体多么坦诚

现在，我关掉灯
合眼，浮在城市夜空的十三楼
想一想年轻岁月，待过的乡村
双手早已安静入睡，疲惫啊，麻木和寂寞

致雨、橙或者孩子

这下落凡尘的珍珠
带着天宇的光芒
入世的速度与渴望
呈现出丰腴的椭圆形状

爱她转化后的甘甜
就像爱她的盛开、摇曳和金黄
一样。也爱这些成熟的过程
微痛的采摘和绽放的香醇

我们总是形而下地爱
具体的一个孩子
爱你第一次观察世界
第二次……
以及你所有的想象

这明显超出了我的预料
我不只是爱雨滴的纯净

不只是爱橙子的甘甜
我爱雨落天地
爱雨落橘林
爱这天地间美好的延续

五　月

一到五月，各色的草木都回归本位
不事张扬。到了暗自吮吸乳汁的阶段
毛毛躁躁的果子，含着青涩
要长大，去绒毛

一到五月，隔水更近了
火热的气温四处里膨胀
水神始终都存在
清凉澄澈，是人间的第一副清凉剂

一到五月，江南就变得肃穆
农事未歇大雨将至
红掌、清波
以及，上浮与下落

我们等待着新的消息
并期待这些新的讯息，与以往所闻有所不同
城墙总是越垒越高，而橘树和野草
始终漫游在山野，他们才是五月的正主

战国之念

春秋，何来大义
势弱的天子不过蜗居庙堂的泥塑
独霸的诸侯
终究只是掩耳的大盗

要念，就念战国的直白
撕破脸皮
两不相顾
江湖杀戮要的就是刀刀见血

要念，就念战国的天下
任何铜墙铁壁都能攻破
任何古老的帝国
也能取而代之

要念，就念西秦的铁甲
西域的劲风
箭镞和刀俎

烽火遍布的神州要一次完整的覆盖

要念，就念战国的屈原
为了一个终未兑现的承诺
抵死对抗天下最大的秦和楚
即便身死，也选择碧波将自己与尘相隔

要念，就要看到泥沙俱下的世上
那些不相信命运的灵魂的执着
为他们柔弱身体迸发的力量，心生敬意
和愧疚。学着去对抗
我的战国我的天下我这渐弱的城邦山河

榆林啊，疼痛

榆林，又是榆林
你是一块陈旧的摔伤，揭掉一层
痂，它还要在鲜血和骨肉上
顽固地复制一个新的

榆林，你就是我不能触碰的后背上
生长着那一块胎记
靠近左心房，也靠近整个心脏
时时生疼，今日特别厉害
疼痛不需要经过血液的循环
它是普天之下所有的刺，都向着心的方向
箭镞的漫天大网呀，这弥漫开来的痛
它也随着散开的血液，在身体里洇开

米脂，你只是疼痛里最集中的那一部分
是我的癌，是我切掉的肢体……
你用整个学校的惊惶
用一条街道的战栗

用她们身体的击地之声
用混乱，用赶赴丧亡之地的嚎哭
把这痛苦，化作了列车、地动和海啸
在我身体里奔跑
在我身体里震动
在我身体里轰鸣，叠加成超压气旋

我要念你们的名字
在这地狱的门口
我可爱的初中学生
十四五岁、着并不漂亮的校服
我唤你们——榆林——米脂——疼

安　顺

如果给我一分钟，我要做石墩
做路障，做右路的路人，做堵车的肉身
如果可以，我愿意匍匐街头
做垃圾桶，做任何一个阻挡势能
阻止邪恶的石头，安顺啊
你是我的高考，是我远离十年的家园
现在，我愿意去死
愿意世界没有机械没有汽油没有机车
没有高考没有今天
安顺，我希望没有呼吸
换你 21 条生命，安顺，我可能
一辈子都不能走出
你冲撞桥栏的今日

草木，秭归 1998

我们随着移民的浪潮
撤离了青春的校园和山城
为汇聚的长江东流让路
多少年后，面对澄澈的巨大湖泊
以及，随之而来的时代之声
我都因自己卑微的念头而哑然
不愿谈及，涓流难言的踌躇

撤离的途中，我们错过了
道别，公路边杂植的杨柳
曾在沉闷的夏日，被我们一一点数
也错过了，初吻时舞动的茅草
很多草木就此永诀

现在，不得不在别人的描述中慢慢地对焦
一定有多处错漏和似是而非
现在，巨大的缺憾是：
已经无法指认，我们离去的时刻
到底是芳草萋萋还是山色苍茫

祭 语

每一年这个时候，端午近了
我们为一个溺亡的魂魄哀伤
聚集在河畔，击鼓祭祀，扬波舞浆
法师，用古老的仪式，麻醉整个民族
让我们相信，存在通灵的大鱼
有姊妹驻望，可以与兽相语，冰冷
东流水，终能水清波晏，溯源洄游

隔着数百里，大船已经水落石出
一具具遗体被喷上药水，层层包裹
运送到相隔不远的大桥，等待认领
能够听见，郁结在喉咙四日的号哭
终于冲破囤积在江波上的浓浓大雾
大半个中国，心里早已有了答数
442 个老人，抑或只是一对父母

是的，不该送你上船，不该送你旅行
不该寄望，黑暗中的风雨兼程之后

就会楚江大开，柳暗花明
此时恨别天际，悲塞江滞
心里预计的团圆自此遥不可期
每一个，逐水而居的子民
都不语，不谈论昨夜梦里冰冷的被衣

没有哪一个灵兽，可以回答
混沌的水底，如何安放苍茫如苇的白发
没有哪一年，像今天，迫切需要
一个伟大的招灵巫师，止住儿女的哭泣
卜卦未知的浮生和沉陷
我们继续着，决绝的守望
祭江招魂，我们就是那每一个蒙难者的子女

新橘颂

橘苗诞于美人唇吻。籽，落地生根。
在自留地，伴炊烟闻笑语，长刺满身。

被移植于崖头乱岗，薄土三寸。
受刀斧，砍木一尺，嫁接甜蜜的新枝。

树干遍是结节，一个就是一段姻缘。
交融，共生，三年花开、五年挂果。

果，橙如深闺的女子，面对溪流贴花红。
刀剪断，出楼阁。孕育已数年。

精血藏于圆满，世人偏爱黄金。
剥皮，分瓣，压榨，再受一回人间的碎。

一夜山城，金色涂抹田野。
仿佛，阳光就此永驻。

心存坚贞，必定要受数重的罪。

美绝峡江，就无惧那漫长的迁徙蜕变与精进之痛。

兰　事

坐卧听风雨
缓步似闲笔
时常，与众人聒噪论争，说那
生于林涧，馥郁其香的几叶绿

孔夫子叹，虎落平阳，恨虫草为伍
峰顶香稠，板桥称妙，赞来去不留
是若希古，推王者香，美不竞繁华
树蕙百亩，屈子离乡，冀众沐兰汤
……

我等皆虚怀，不独占
细细草茎之上，花萼点点
说到底，无非是香远益清、退居慎独
一个美名的疏影，点燃了幽贞的火烛
兰事易，点赞即唱和

兰事难。而今弄笔人，无不奉天承运

代表众人说。幽兰根，燕尾叶
兰花指，都不是，诗经所指
骑虎难下，无锥地成佛
而今往后，且凭清芬解秽，以兰制难

乐平之里

今日，已近端午，铁轨延展着归途
窗外一望无际的田地上
荷花和水稻，正在准备一场
覆盖水域的绿波
树木葱郁，在烈日之下
缺乏自然的秩序
奔忙的人，在这辽阔的地域上
显得越发矮小。突兀出现的墓群
努力维持着人间的礼仪——
这一切，一定被其他人唤作冲、荡
或者坝，被当作他们的故乡

我也爱这辽阔，爱这平坦，爱曹家冲或者四勿岗
的某个地方。但现在，我要努力地回到山间
回到峰峦遮蔽的谷底，回到一个叫作里的地方
那里日头高悬、泥地厚实
那里以平为名，以平的归来为人间的极乐

国难日，致小吉

有多少将要就此错过。
不被众人看见我们的牵手
在此温暖的午后
13 日已经临近结束，多年后我们只存有
这一日世界的大事记

未来某天，我们一定会发出相同的问询
你哪里去或是来？
这一天，你心里会不会突然疼痛
突然被这个念头占据
每一天都是独特的
当想到这是一个不可逆转的时空
你远在不为我知的一个角落
我就无法安抚内心

这一天，多次听到哀鸣的汽笛
我们失去的这一日，就像那早逝的三十万……
我是多么狭隘，只看到——
我们错过的今日再也不能回还

沉　城

很多人一定想在那里
一辈子这样生活
卖一辈子的瓦钵
一直敲打巷子里头的语调
然后喝雄黄酒
吃老太的枣棕

迷恋城楼门下的那个女子
软声细语，一双土手
细细梳理我的长发
唇边一层一层春日的油菜芽
一个多么美好的下午

你们大概和我相同
迷恋过聊天、喝茶、说瞎话
从一个阴凉进入另一个阴凉
在城垛之下
和老朋友见面

厮混进别人的生活

那个地方
倒垂的杨柳挂满烟雨
李白的船
杜甫的舟曾经过
随眼一瞥
都有屈原种下的兰花
扎根在邻家

今天，我是一个多么绝望的吟诵者
一切都找不到了
想来，倒不如同你一样
一跃成清唱
去水底，寻我故城门

午睡是艰难的

摊开的书页需要抉择
要中断谈话
要停止思恋，怨恨
不带着负面的情绪上床

明亮的白光，低首的树木
在白昼，何其无聊
蝉开始鸣叫，曲调多么单调
忍耐啊，我们要一直忍耐
直到，城堡陷入赤色的风暴

接下来，将是纷繁的铃声
来自扩音器、个人手机、时髦的闹钟
或者是生物钟、执拗的更年期
关于理想辩论课的预备铃
——热烈的高潮即将到来

艰难，并非来自暂停
醒在一个狂热的世道，才是所有的源头

平　湖

覆盖娇羞的是红烛，蒙上眼睛的是太阳
城门之南，掩埋着数目众多的骨骸，埋得那样深
月亮洒向山坡，短暂的夜晚

天空沉默不语
云给我安慰——那些寄生的居所
将幻化——重浊者下沉为地，轻清者上浮为天
终会，越来越靠近星云与恒星

攒下了多少细如春雨的烟云
融解了几方雪域，层层堆积
锣声里，两千多年的山川陷入河湾

年复一年，年年如是
潮水涌上山头，赤足迈向湖的深处
击水溅起的花朵已经平复
我落坐五月的湖畔，水天浩瀚，越来越蓝

苦 楚

翻看你的日记
从荆山到丹阳、从郢到寿春
借一日闲暇、一碗春茶

过往如你绵延的疆土
只能窥见隐约的山谷
衣衫翩翩的公子不计其数
大多面容不详
细腰的女子数不胜数
散落江湖

定有无数楚楚动人
不曾记载
而且，现在的我
所操的语言接近东北
表情暧昧
追逐时尚、爱上鬼妹
一些不能沟通的东西

往往，如鲠在喉

一日闲暇，看你开山辟地
从僻远的山峡
达闻天下
背弃
然后腾达
家室庞大，不得不时常搬家
一步一步登堂入室
到杯盘狼藉

接舆是你遗弃的第一个孩子
遗弃造就了他的犹豫
他错把孔夫子当作了父亲
连一首歌，都要在他车前高唱：
凤兮凤兮！何德之衰？
到头来他们遗弃了你

我错过了很多王
错过了很多公子
版图像一面旗帜在书页上飘
时大时小、像一块疤痕
当项羽把旗帜粗鲁地插满山头
你的羞辱只是在风里飘

我的苦楚在于：

我的来处和归处都只能在这里
时光将在这里耗尽
在这里埋人与被埋
此地早已远离中原
此地早已没有凤凰

当豆荚还是柔软的

此时，花期刚刚结束
所有的种子都紧密相连
垂下来的仿佛不是豆荚，而是一缕缕
祈福的飘带。天色尚青，酷暑未至
大雨已经消退，澄澈到水落石出
还有一刻钟。阳光、雨露和赞美
都是均匀的，我们因这画面
温暖到骨骼轻柔，忍不住要抚摸
跨越种族的手掌

此时，顶替者已经优雅地落座
温热的牛奶刚刚好，街办的红旗
迎风飘扬，那么多店员、自由职业者
需要拯救

此时，距离瓜熟蒂落还有三个月
豆荚是柔软的，种子是一粒一粒
均匀分布的，如果不思考那被抹杀的人生
这些豆荚真的美好，无可替代
几乎让我硬起来的心，又一次被温柔和善意顶替

再次入睡

在雨水刚刚停歇的某个时段，自梦里转醒
乳白的壁灯，透过案头倾覆的书堆
投下哥特风格的魅影
再往前，是生锈的栏杆和广袤的黑暗

我能看见的是这样少，要是白天
无法把握的将更多……

再次入睡是一件自然的事情
当怀揣小小的满足，睡眠就来得更加香甜

消失的鸟语

只要一颗石头
就能与百禽交语
挽救整个村庄

自然之谜，以另一种音调
飞舞在孤独者孤独的耳洞

如果不是覆灭的消息来得刚刚好
他必定会石化在其他的泄密里

每一个冬天，这孤独的守密者
宁愿忍受失语，也要书写白雪覆盖之下的大地
以及，大地曾呈现的贫瘠和荒凉

就如同，我愿意坦露因我而起的失望
也敢告诉你，我所知的弥天大谎
——是谁选定了年轻的樵夫
——是谁列举了死亡和忠诚的选项

给诗歌让出一条道

让开，让开——
学习笔记和各种名目的会议
奴颜媚骨的巴掌请闭嘴！
短命的爱、轧向市场的车轮、爆炸物和长刀
伟大的造物主，请收回！

五指要紧握，变成拳头，
不挥舞，不宣誓，不落在妻子的腰身
就在心口，一锤一锤地落下

让开——
侧身是谦恭，是悔过
倾覆的大船需要挽救
这天请给诗歌一条道
一个老人的念叨值得倾听
需要一遍一遍按下复读按键

一条老狗守着旧房

越过低矮的春草，爬过一段短短的土坎
就能够看到整个工地，开挖机械
在大片泥地上轰鸣，这是一个低矮的俯瞰点
只能够看尽方圆五公里
再远一点，楼盘遮拦了远山

身旁的油菜地，一派小家子气
入城随俗的农田，没有记忆里的绵延
到处都是断头路，烂尾楼
时时面临着征用或开建
青苗和青苗费补偿，是每一块田地的新命运

往回走，小孩的欢笑
遮不住众人的意兴阑珊
这些城市里的孩子，突然因为门洞的一只狗
多出了一点意趣。链子是旧的，房子是要被拆的
狗的叫声，也纯粹是虚张声势的
这条老狗，守着旧居

间或叫上几声，始终没有冲出门洞
没有露出犬牙

几声狗叫，让踏春像是真的一样
虽然，根本就不是那么回事

我的白露

露是白的，大地也是白的
白的月亮在北方的天空
照耀白裙子的姑娘
现在是收获的季节，神
取吧，献给你的，都摆在幕布
挺立的开始低垂
多汁的预备收敛，浓缩成酒
孤独的就要在风里凋落

沉重，已经支撑了整个夏季
到了沉睡的时候
到了，献出我的时候

红　叶

寒露之后，天空彻底
无可交代了
时日无多，到水落石出的时候了

隐藏的情感要一个名分。树叶泛红
花青素的旗帜一片一片展开
迎接批判也迎接死亡

沉淀在体内的色彩，要开口
要在风里舞动，要在风里落
春来与否尚不可知，要层层地葬送

越来越清晰，混沌纪元结束了
植物尚且如此绚烂，以赴死之心吐露肝肠
我将在诗歌里继续爱这个寒冬

候鸟帖

连续两个夜晚
窗外传来陌生的鸟鸣
直到今夜，踏着最后节点返家
霓虹照亮的天顶，数只盘旋的大鸟
巡视着空阔的天地，才惊觉
第四个秋天已经覆盖了整个小镇

夜晚，它们择河而居
偶然的启程和行程，决定了
这个夜晚和抵达。明晨没有目送
今生，也恐难再遇。清风里
一声鸣叫
就是一声道别

爱　人

应该并肩走在回家的路上
悄声说笑，倾诉无趣的生活里
值得播报的故事，应该对坐
欣赏独自纷繁一日的秋蕊

天凉了，为你披衣
秋月明了，起身灭灯，一起坠入夜色

应该去江畔，看毛月亮
一起走进洪峰暂过的江水
紧紧地牵住手，担心你真的走进漩涡

应该停下来，感受近在眼前的肉身
散发出来的遥不可及的陌生感
并因此颤抖、丢掉远行的雄心

远山的草木

从它们，得四季循进的消息
知你添衣、知你奔行雪原

是镜子，五彩斑斓的镜子
是风，从长空里给我冷暖
是我的桃花潭水
是我那三月扬州

你的世界，理应春秋如花四季悠闲
有别于我潦草狂草混杂的草莽之境

一只鸟的死亡

它微微地抬起身子，整理容妆
一颗麻雀的心也值得疼惜
翅膀本是用来飞翔，现在变得笨拙
抵住地面，最后一次阻止身体下沉
声音微弱如斯，不似呼唤
是告别，微弱的声音像是初生
只有风，依旧那样薄凉
不曾放过万物
要继续翻阅它们苍凉的衣身

别 闹

不要打扰沉梦，不要深夜点火
让三界之内的神、精怪和凡尘各安其所
承受分隔与削弱，只是静静地隔岸相看
清风来，夜半，江边不见赏月人
在画里江山，仰面俱是无边的虚无

就此安身安心，把火焰藏于木柴
安于将澄澈深埋于地底

母亲和猫

母亲家里新加入的成员
是一只短毛猫
安静，独立，不善表达
白日深眠，夜间溜达
与母亲的生活截然相左
白天，她总是陷入猫失踪的惊惧
夜间又深受困于小兽的吵闹
至于稀少的、相互之间的慰藉
则不值一提。情感本就难以替代
让一个年迈的老人去爱一只猫
或者，让这只猫陪伴她的晨昏
是件残酷的事情：
她爱过的那么多，都已经疏离
它还未爱过，还不知道分歧……

野兔跑过九湾溪大桥

当整车的人发出巨大的惊叹
哇——
这只兔子才意识到穿行带来的危险

凌空二百米的大桥之上
左右不可逾越
向前，是超过百米的甬道
车灯明亮无处遁形
巨大的机械怪物在身后奔腾

那原本踏在林间的四足
在桥面水泥交替作响，火星四溅
血涌上红色的眼球
毛发笔直的向后
双耳里，风鸣阵阵
这野生的精灵，以完美的一个摔跤
跌出我们的视线

黑夜里，森林静谧深沉
溪水的声音隐约可闻
说时迟那时快，石子落入湖泊
兔子跨过了命里的那道悬崖

售　卖

广场上，挂在农用车上的扩音器
反复播放："甜包谷，十块钱七个……"
这个录制音频的农民，拖家带口
不像是为我们送来口粮
而是，在讨要夜宿的资费

救援培训

我们有很多死法
心梗、脑梗或者哽咽
只要四分钟
是的，四分钟
脑开始死亡
按照 120 的速度
救护人员已经出发，出发
我们相视，不言语不微笑
培训师正在讲解。
丢失过那么多四分钟。
救援队还在路上。
我们现在的学习
是为了自救，也是为了挽救
坐在这里，听
那些死亡抵达的消息
也是幸福的

还 债

朴素的阿婆洗衣依旧习惯手洗
在门口，用木盆浆洗一家人的辛劳
素白的墙壁上，是她从山野里收养的蜂群
三只蜂箱，静静地陪伴着她的晨昏
这千万飞舞的精灵，从不嫌弃劳作
背回花粉，酿制成蜜，这些奇妙的事情
就发生在眼前。阿婆卖蜂蜜从不掺假
"添了白糖，蜂子要替你还债"
她慈眉善目，仿佛看透了人世
连说出的话，都暗含着善恶轮回

百日依山尽

一百个太阳已经落了
好比一百个铁锤
一遍一遍地敲打
青山依旧，没有扁一点
没有缺一角
人间总是差那么一点火候
还不够柔软
不能够痛痛快快地舒展筋骨
变成一把锄头，去掘地底的泉
不能弯曲得像一把刀，只是拎着就有寒光

我们曾用五小时去看废弃的大殿

如果换作以前，我一定会词穷
即使花费整个温暖的下午，也不能说明
青春的路径。那些沉迷晚风的独行
是蝴蝶，笼子一旦打开，就会飞走。
对于库区的我们，隔世的恍惚感从未消失
记忆都在水底，现在的生活区域
是从前，很少到过的山冈。迁移虽不可避免
刻舟求剑般的等候，一直以特有的执拗存在

所以，花费五个小时，请你横跨长江
随我的叙述，巡视。直到抵达
大殿。垮塌还在继续，部分画梁已经无法修复
这倔强的建筑，将再次打起精神
配合眼前这个中年男人，把欲言又止
袒露，在无可遁形的天空下

白　蝶

它独自飞过草丛，在几朵野花上分别停驻
一双纤薄的翅膀闪着光芒
苦涩的花朵散发出药的气息
它们一生卑微，生不逢时
被眷顾的花朵有六瓣花萼
丛生的花蕊环绕围聚，像一枚无辜的复眼
当她降临，千百只单眼盯着她
斑斓的纹理纤细的长足，轻轻地颤

偶然看到扶花的老农

透过二楼的窗台，零星的花卉
摇曳在高山的微风
酿蜜的季节还在继续，秋风未至
所有的种子还在努力生长

如果不是走过来的老农
弯下腰，扶起倾斜的花枝
仔细地培土，让它挺立
让离群的花朵重归花束
我几乎忽略这一年他们的艰难
几乎忘记了，每个农民都是花农

输电铁塔

钢制的庞然大物，站满山冈
拖拽的沉重线路里，电流嗡嗡作响
昼夜不歇，输送光明与能量
去远方。站在风雪的荒口坪
野兽聚集的大王山
长风浩荡，吹过空荡荡的胸膛
再也不能挪步，无法转身
灯火里，美丽的姑娘走过小巷
拐进了宁静的庭院
雪漫过山巅，地心翻涌着清泉

交　代

十字路口，一辆云南车牌的汽车
行了数千里，停到我的眼前
共度短暂的三十秒

P挡的引擎突然颤动
一股奔跑的电流窜过大脑
那些还未到达的地方
一一浮现，终其一生想要靠近的
鹰隼、雪域和草原，还隐忍在心头

不再指认的现场、林间小兽与月色
在这个十字路口，被重新梳理
阳光正好，大路朝天
匆忙、擦肩交代得清清白白

柿子的十四行

脱掉所有的外衣
裸露出骨骼。点亮
大雾，清晨。让晚归的人
生出飞的愿望，去到枝头

每一枚柿子
都挂在危险的枝头
易断裂，有胡蜂觊觎
过多食用会便秘

这个季节，红色的果实已经不多
祖露如斯得更少
它养活了无数个村庄，冬季

这只是我，四十岁
对于柿子树的直观描述
谈论的，并不是梦想也非爱情

倾诉

向你描述我的小镇
涉及气候、地理、动植物
和复杂的社会学

青山日日枕着疲惫
收留我的飞禽和走兽
容我偶尔的长啸

江水，一遍一遍洗刷着尘土
抚慰坚硬的心
融化山岩，运送着春的花影

从桥边的高崖，眺望童庄河
冬日澄澈的水流
忍气吞声，藏起了沙砾

围绕着起伏的山峦
一轮轮逐渐削弱的波澜
轻轻地抚摸着长岸

上岸的渔船

这些铁疙瘩被胡乱地堆积在陆地
一只叠一只，寸步难行
操作柄还保持着挺立的姿态
但是，阴囊一般挂在下端的马达已经摘除
曾湿润的仓体，顺滑地越过水波
如今露出了干涩的脸色
离开了赖以生存的水泊
梁山就是绝路一条。在这里
找得到颜面渐失的理由
容易想起，这些年与我相互抛弃的事物

今日报告

在死亡与沉睡的边缘转醒
该死的疾病还未敲门

早餐是素面，外加一枚鸡蛋
它本应该长成一只漂亮的雄鸡

遇见了白发的老人，像我的母亲
孤独地走在菜园旁的小路

所有的通话背后，都有一张红头文件
没有联系的，他们不曾给过我指示

在楚王井村捡拾皂荚，但熬煮汤水
为爱人沐发，则显得遥遥无期

走散的王家后人，因为族谱的暗号
得以相认，老坟园埋葬着先人

晚归，夜幕下的童庄河饱满多汁，跳动的鱼
让等待渡船的过程，多了许多惊喜

船转过埋人的狮子包，拐进小小的水湾
这里的毛月亮，点亮过眼眸

窗　台

无花果一枚，茶花三瓣、杠板归一支
你知道的，所有的果实，都非凭空而来
要孕育、吐露和辛酸，要在日夜里轮回，要受那
薄薄的凉
我们也会这样吧，突然地，就到了成熟的八月
出现在爱人的窗台，等待着拆解和品尝
生命里的四枚果实
一枚是晨昏，一枚是夏，一枚将率先消失
另外一枚，代表了不能触碰的身体

冬天，是否能说等待的话题
无花果叹气，她从不思考未来的事情

野花四则

草本的野花四季常开，轮换主持人间的花事
无所谓偏爱，只有无端的欢喜

春来，花繁。从千万中脱颖而出，何其难
眼睛，爱那青色缎子星光缀满

栗子坪一株野樱繁茂
每年三月去拍照，转赠佳人
看它无端被砍去的旧枝
心疼，至今不忍

雨中再来，花期已过
寻得林子的主人，买一株野樱树
它本自由，我只为她赎一段日子，背负一个人的
相思

静夜思

没有月光，思念已经凝固
只等熄灭台灯，唯一的柔软也就
硬起心肠。今日清晨，去山村
起雾了，玻璃上凝结了厚厚的露
有人写下"花花"。如果，再写下"世界"二字
我们就能服帖，卧轨在疾驰的列车下

固定的词组囊括了我们的生活
忽略掉的汉字，有我未曾吐露的真心
世界多么辽阔，我愿意只守护那些小小的灯盏

致我们爱的生命

悲剧时刻都可能发生
去阻止它，在能够抵达的路口
譬如悬垂欲坠的鸟巢
匍匐在路的幼犬
不善舞蹈的手指，还能够托起
不甘粉碎的事物
虽然背负着病患，怜悯和隐痛
我们还有从荆棘逃脱的力气
把丧歌谱上旋律的意趣
攥起的拳头
是的，握住的虚无并非毫无价值
从混沌的天宇中，抓住这微茫的存在
就不要再放开

滴 答

这声音将彻夜不休
——滴答、滴答

大雨三日，屋顶积蓄的水
正沿着细小的缝隙渗出
在雨棚之上敲出巨大的声响
三日里，天空倾倒海量的雨水
也曾发出过类似的
复数的，重叠的，巨大的交响曲

从现在，摔落，计数
我们一起来学习比喻，类比
或者共情
生物学意义上的生命
物理学描述的物质
以及神学、心理学……甚至是受体不一的爱
蓄积不易，要完全干涸又是多么漫长
要改变形态，要凝聚、摔碎

擦脚布

虽然称之为毛巾
印着美丽的花纹
但它确实也是一块布
被挑选出来
擦拭热水泡过的双脚
每天，给我最后的安抚

读到一篇关于自杀司机的文章
他的遗言语言克制，愧疚而沮丧
我几乎不自觉地拿它拭泪

半年来，它沉默地悬挂在位置最低的钩子上
克制地等待，替我洁体也替我藏污纳垢
私藏我的脚气和分解导致的脱落

它被定义为洗脚布之前
曾被我精心挑选，并挂在了现在的位置

风，曾被用来形容爱情

缠绵的梁祝响起

工地上，数块遮尘布随风舞动

辗转扭动起伏跌宕

众人的灵魂依附在这些破败之物

倾心，相互托付至赴死

爱情依然是闪亮的瞬间

如果继续加大，达到十四级

所有的乐音将被断裂和坍塌的声音掩盖

工地就变成了五月一日的南通

深陷东北冷涡

你看——灾难随时都会凭空而来

而在它到来之前，我们曾

用最美好的爱情描述它

迟 疑

这里的街道，到处都是门
有些门后的人昏昏欲睡
有一些门，半掩着
你肯定不在这些门的后面
不管是铁门，还是挂着招牌工艺花哨的
任何一扇。假设有一个意外
你刚好端坐在某扇木门的后面
看花，提笔要写出下午的第一声惊讶
你可能会看到，一个人
像是一匹马，陷入了沼泽
正拖泥带水地走进一片迷雾

被褥已经用旧

日头毒辣，我们晾晒
以此抖落皮屑和断发，希望
身体里的气息随着水汽蒸发
旧梦，自此一刀两断
麻布棉絮之上的花，终于绽放
清风吹着淡蓝的调调
泪水的痕迹早已消融
无数个太阳住进了用旧的被褥
以后的日子再也不会变新鲜

小姨写一首诗嘱托我做个清官

小姨是一个真正的知识分子
教我作文、思考与做人
收养我那被农村遗弃的姐姐和兄长
扶助数十个穷苦的学生

她有着纯粹的知识分子习气
遇到大事，总是写诗词相赠
我被提拔到副镇长的位置
不写一点文章相赠，就好像
不是那么回事

她熟悉我的出生、窘迫和质地
写得流畅、简洁又直接
要求只有这样一点：清白干净
调令下达后，家人聚在一起的话题
也是这个，一屋子农民
聊不出其他的事情

相 约

1

大山的沉没始于飞鸟

一起扎进浓重的巢穴

河流的沉没则自上而下

漂浮在天的翅膀，收纳住微尘、雾霭

沉重的话题，要慢慢地打理

山水是多么宏大的话题，寄身期间

不免自轻。我们是沉没的中心

发着光，月亮正从山的那边缓慢上升

2

月轮渐缺，山谷里，兽类安详

野雀归巢，山风清点每一棵植株

草莽之心凉却如草

现在，我们紧紧地相依

在阴影中，眼睛明亮，能夜视

放下戒备，准备融入了原生的森林

3

我们谈论月亮的光晕，圆缺
分辨星空下，隐入黑暗的山川
当这么多明亮的事物，聚集在天空
美学抑或神学，其实并非主要
要看到，一些遥远的生命借此靠近
并因着它们的光芒，彼此温暖
那才是，星空与心灵相通的最好说明

4

没有灯火的街道，行人寥寥
各自安歇在不同的空格，你负责熄灭
我负责寻找下一个明亮起来的清晨

我曾追上过许多汽车

无论是徒步，还是驾车
一旦踏上通往高原的道路
我都会尽力向前，仿佛，要把自己置身
事外，追寻是唯一不变的理由

一路上，我也曾追上过许多汽车
被遗弃的最容易识别
敞开的车门，瘪下去的轮胎
诉说着驾驶者失控的瞬间
折返者，也算在被超越之列

但是，我还是不能降速
那辆载你离去的车，已消逝
在那秋色蔓延的转角

早 安

醒来的时候最像少年
还不知道这一天寒冷的程度
不曾料到，那么多的纸张已经印满文字
要翻阅。要敲开如此多的房门
握陌生人的手。许诺
同半生不熟的人互诉衷肠
说出截然不同的看法，对一件事
有时候，我们不得不调整视角
思路，或是该死的人生观

醒来的时候，我像那个少年
畏畏缩缩，对复杂的世界知之甚少
敢于试探，一旦遇到喜欢的事物
只顾着去爱，不考虑附加的东西
不担心麻烦，不惧怕收费员
等在必经的路口

声音的重

爬到高处，忍不住喊一声
你，会看到，这些轻飘飘的声音
像石头一样落下来
在湖面砸出一串串水泡
把枯瘦的藤条，敲出冰凌
把地面砸出坑
别探究硬物，鲠在湖心埋在地底
溶解，会的
开枝散叶，会的——
重物有着柔然的心
跨过冬的山冈，这些沉重的种子
会布满江南的峡谷
花朵，点缀在道道疤痕上
他们，曾经是桃核、莲子和红豆

在高空，呼喊你的名字

这样的机会不多
一旦出现，我会毫不犹豫
在滑过风口的时候，从高处，喊你
让北风，充满我的幻想
越过江南，替东风唤醒所有的蓓蕾
她们，都将与你同名。广袤无垠的花
容我把甜蜜的网挥洒
去捕获蝴蝶、清香
如此多的声音传递着同 · 份旨意
你就在神所指的方向

泅　渡

冬泳赛的起点在小镇北坡水域，水下
二十年前住人驻车住一岸渔民
七十年前住土匪住军队
再往前，住太阳人石刻住森森白骨

现在，浪头盖过天空
不熟悉的山头插满了旗帜
江阔，湖平。每天踏着步子
走在沉重的泥地之上
波涛里，有人兴奋以至嘶吼
有人沉默，埋头在冰冷的水底
喝一口浸泡大地的酒

浮在数百米的水面
这是多么难的事
隔岸相望，拿它自喻
水纹就会从口鼻一一退去
若非泅渡，我早已沉没在深深的人世

窗外的松树

无论晴雨，松树总是站在窗外
顾盼她每一天的忙和闲
暮色里，城市陷入缤纷的光影
她走到窗边，凝望
深深地思念涌上心头
这时候，她拍下眼前的街景
把短暂的情绪染上色彩
车辆越来越少
而那些被匆匆带离的职员
融化了
就如杯里旋转的咖啡
车位多了起来
露出松树底部的空地
现在，可以清晰地看到
根须为了稳住这骄傲的树干
多么努力地
抓住每　粒珍贵的土石

副 驾

在这里，有整支队伍最宽阔的视野
甚至超过了驾驶员的所见

少年驾驭机车，光辉
迎面而来。温和的眼睛
由着他，来吧
开启一段神秘的奔行

所有的树木，插翅飞翔在山冈
穿过幽静的山谷，四季被拉到眼前
繁花来得如此的快
扑打着，腾空而上的是星火
荧光。这些不愿归家的精灵
赋予山河更多流光

少年，修长的手指拨动方向
乐音隐隐，送别过无数个晚霞
现在，由着他开

进黑夜，迎娶黎明的第一缕微光

我看得到他所看到的一切
也可以，侧过脸
凝视带我远行的他

那一刻，我已经做了告别

下午四点半，疲惫感陡然降落
肉身。之下，是坚硬的座椅
它从不撤退，为我撑腰
提醒我保持住应该具备的威严
抵住所有的后门。纷纷而来的人
大都神色焦虑，带着行色匆匆的旅行包
没有一个会邀我同行

如果你攀爬过陡直的山路
又恰恰，突然熄火
惊恐中拉住手刹，希望一块巨大的石头
死死地，顶在下滑的车屁股上
你就明白，这时候
我所说的，需要休息，十分钟
已经被当作，我给你最后的告别

旧　衣

每次清理掉这些褪色的皮肤
都需要再三确认
不能让任何线索流落人间

但，一切都是徒劳
拥抱的痕迹从未消散
遮掩的瘢痕，再也不会痊愈

一生要披上多少件风寒袈裟
就有多少次，重拾贪恋再入红尘

雪山上，我有鹰一样的眼睛

西面，是卡子山最窄的路口
我们叫它磨刀石
荡平过全县厨娘的刀刃
沙镇溪的塌陷区已经复绿
曾是某部小说的背景
水田坝看起来就像是一团错乱的油彩
但我分辨得出橙色的房间
近一些，是归州
两千多年了，屈原在这里被打捞
年年都是空网。站在这个高度
我能丝毫不错地指出我们的来路
绕过的山头松针落尽
一辆汽车奔行，像一头迷路的野猪
经过十个隐藏的路段。我会说起雪
如何一寸寸吞噬落叶，让整个大山扑朔迷离
我向你保证，一旦登上山顶
我就拥有鹰一样的眼睛

爱

酒至半酣，我们谈起爱情
那都是许久不曾上桌的下酒菜
像是榨干的土豆
剥掉鳞片新亡的鱼
熬制到浓郁的汤汁
抑或是，蘸满巧克力酱的樱桃吐司

用来压制节奏，让彼此喘息
抵御即将失控的敬语

她掩饰了苦涩
把火焰化成剔透的液体
由着我们，一点一点吐露
内心。酒肉不过是为了度命
她才是杯盏狼藉的魂灵

我们爱上了同一个人

如果不是如此一致的审美
绝不会把自己，从尘土中挑选出来
置身在温柔月光之下
等待水波一样的拥抱

我们爱上的那个人
已经具备了种子的勇气
准备萌发，把月亮挂在身上

把过往倾满你的水杯

晶莹，你就像一枚玻璃质的杯子
摆放在我的面前
只要微微地倾倒人生的瓶体
浮沉人世的浪花就要奔涌
要注满你。是的，关于灵魂
和梦想，再一次被唤醒
我们不止一次谈论盛水的器皿
在抚摸中发出金属的鸣响
平淡中，带着江湖的箫声
现在，邀请你
一饮而尽，来品味
山涧的溪流奔行而来的欢畅
我将在你的杯体
化作一颗完美的椭圆

越野途中的爱情颂

痛苦并不全是错过的后遗症
否则，也不会去触碰夜色
远观灯火，置身于渡口
逆行人群，跑进温柔的良宵

山梁上早已没有了道路
现在，一步一步走进迷宫中央

当清晨到来，晨曦辉映的高山之巅
找不到鲜艳的路标
来路不明，漫长的白天就此展开
划开的伤口，在此晾晒
纯净的风，吹干其上的水分
结痂吧，这神赐予的荣耀

小小的指南针，会给我
下一个夜晚的指向

只有你，配得上这份痛苦
让我甘于，被抛向荒野
忍受撕裂和透支，不惜脱掉面具
跋涉在探寻的路途，痛苦
并不是错过的后遗症，是全部

空置的酒坛

架子上摆满了酒坛
都空着
一场场酣畅淋漓的大醉
喝光了收藏的陈酿
有几次，我们依次晃动这些空
想要凭空变出酒水
想再浮一大白
那时候，我们毫不隐瞒内心
急切地要将火焰纳入
只有五内俱焚，才能打开紧闭的胸腔

再陪你看一次日落

山谷一旦黯淡下来
欣喜之心立刻呈现出冰冻的趋向
乌鹊的鸣叫，是脆生生的
这时候，我们才意识到太阳已经落了
余晖正顺着山脊收拢
山谷，即将坠入寒冬

沿着山路盘旋而上
你安静，蜷缩在副驾
像一只受伤的小兽，静待命运安排
无声的倾诉，满山的草木都值得怜惜

越来越小的光圈，向山脊收缩
让我们赶过去，再看一次日落
这将是最特别的一次
当群山陷入集体的缄默
我们只能相互依靠
当浓稠的雾气罩住车灯
我将带你，穿过一个完整的荒原黑夜

楚城孤月

楚城，掩埋在橘林之下
树冠拥挤，在奔向大江的坡地，难觅路径
需要疏株、间伐，掘出深入地底的

树根，像一张密不透风的铁网
抓住黏土、石块，也把陶瓦遗迹
深深地压在岁月的暗处

周边的山，还在拔高，一年一寸
向着洛阳的天空。每到楚城
蹙迫就潜滋暗长，换得月色里微微一叹

月白风清的峡江山地，阴影塑造出丰富的
立体感，神秘感让人恍惚，此时只有孤月
能救人于将倾，能杀人于无痕

守 候

所有的，都将从地下萌芽
但现在，她躲在黑暗的泥土
合上充满灵气的眼眸
一粒花籽，就是一春斑斓

寒露之后的人间
纷纷，都是降落
一生在隧道里穿行的蚯蚓
唱着赞颂温暖的歌
蚂蚁的军营，踱步声此起彼伏
这些六脚的异类，从不懂得驻足
心底。悬而不落的
一片春色半山桃夭，值得等候

即便后背抵御所有的寒澈与刺芒
也要夜登亭楼，晨曦里跑进她的甜梦
千万江河匆匆东去，我只做
那条小溪，绕城迂回说尽不舍

蓝花大碗

这只碗，还没有被丢掉
它依旧空着，在橱柜的角落

中空的部分多年未变
盛得了一勺晶莹剔透的大米

也盛汤，那些动物骨骸熬制的
粥，混杂了太多隐疾

苦涩的中药，需要澄清和降温
像是大量的泪水

粗糙的花纹早已落伍
折射出令人羞愧的审美观

但至今没有被丢弃，因为它
划破过我

饥饿的嘴巴，流着血
这，需要保存真实的物证

胆 怯

让乡下孩子胆怯的事物很少，无非是大雨
山岩崩塌，持续的干旱和山外的城市
当然，也包括爱情，这稀少而珍贵的陨石
让人陷入深深的狂热和卑微，哦
是的，卑微地攀爬在荆棘的路上

我相信月光星星和所有明亮的光源
相信疼痛苦涩和所有的艰难能够带来荣耀
展开怀抱，接住每一粒下落的泪水
但面对心爱的人，依然感到胆怯
在爱情面前，我就是独守山梁的森林管理员
遇到梅花鹿，已近清晨
她会看到我，稍作停顿，迅速隐身在丛林

香蒲的治愈

所有的植物都忙于成熟
动物们等待着收获
只有香蒲，急于被点亮
日光减淡，热力就要消减
她急于让星星之火燎原

烛火摇曳在微凉的大地之上
夏日的回忆，将被封存
那些关于热关于燃烧的相约
都被密封在这优雅的圆柱体内

每摇晃一次，天地都变得不可信赖
你所希求的火种，显得如此珍贵

值得记住的日子

这一天，江平水阔
一个小孩在人群里呼喊着，海浪海浪
不要嘲笑他的分辨力
他一定看到了，隐藏着的鲸鱼

颠 覆

二千多平方公里的区域之上
刻着我曲折纠缠的行程，至于
旁逸斜出的，属于偶尔出窍、走神
四季有序交接，首先衰老的是双腿
是记忆，而不是视力
或者其他……
现在，这一切变得异于往日
苍凉的山头，等待落日照耀
陌生街道牵引着我，走进怀旧的小巷
江河上不管不顾的云朵，绚烂到放肆
夜幕中，缓缓滑过的货轮像是托着出售的心事
……
有一些特殊的成分，催促了整个变化
有一味味甘的药，改换了药剂的汤头

在文字里来与我相认

相见太难，思念如此泛滥
奔涌的潮头总是处于夺路而逃的状态

我们早已过了
拥抱才能入睡的年岁。无数个深夜
一杯牛奶，数次临窗相望
略高于午夜的热度，蕴含在水体
绵长又幽远，慢慢地凉

来，到文字里来与我相认
状物、低吟或是抒情，一粒粒摆开
如石榴颗颗羞涩，包裹着
甜蜜的汁液。苦涩的是瓣膜
是那被切开、丢弃的壳

愿意把坚硬的部分打开
算不算，最深情的表白

水晶灯

客厅的水晶灯占据了最佳的位置
居中，置顶
方正小标宋二号字体刷过的标题就在这个位置
数十枚吊坠闪闪发光
每一个都重要，共同构成了整个光明之源
小时候，天天数
像是数着星河里的恒星
廉价的梦，每天都点亮我的生活
十年过去了，部分吊坠已经熄灭

我们闭口不谈光明中的黯淡
就像永不嘲笑童年的稚气和勇敢

丢弃的烟蒂

深夜，常惊惧于一场场大火
——易燃物堆积着，在无人看管的山坳
烟蒂被丢在那里
只要一点风吹，就会燎原，就会覆水难收

你看，活在这世上多么胆怯
那些炙烤过喉咙的烟
即便被狠狠地按在泥地
也要时时提防它的反噬

一只蜻蜓闯入我的镜头

能够看到的足够丰富
但并不长久。所以要拍摄
用镜头记录现在的心情。天宽阔明亮
人们各有所乐。一只蜻蜓正飞过
千万只复眼，摄我入画
提醒我，还有众多神灵
悄然越过我的头顶，看我欢喜
见我忧惧和敬畏

代　价

肥胖、插管
日夜携带的透析机
一身的疲惫和疼痛
这么多年，你终于把自己变成了
一个没有欲望的人
不做大保健、不去桑拿
不沾酒水
对女人敬而远之
……
你提前偿还了青春的债务
而我迟疑了整整一个下午
那些嗜好，一件都不能立刻戒掉

泥地埋着一切

祖辈祖宗在山林

新丧的叔伯刚刚躺下三年

每一位世居此地的人

走进空旷的大山，都能与他们相认

这泥地，还埋着苞谷的种子

沉默寡言的根茎

现在，我们一起把它刨开

埋上猕猴桃的枝条，埋下菌种

把钢筋扎起，于埋在地下的岩石上

垒砌砖石，架上坚固的屋脊

每一个朴实的农民都明白，埋下的

是暗淡的一生，也是重来的一季

扫　尘

雪一样的埃，堆积
在床底，铺洒在书籍和旧物之上
每到清扫的年底
山顶第一场早雪已经消融

脱落的头发，断甲
掩藏在绒絮和微尘之中
来不及清点。突然跳进
记忆的小纽扣、头绳，也将被清除
夹缝里面的硬币叮当响
几个穷日子，又活了过来

如此多的角质层生发层泪水毛发盐分
自我们的身体上折断、脱落
坠向低处，不曾停歇
像所有的遗失之物一样
无须北风吹
也不像等待、偶遇或无从对证的遗言

陪　伴

记忆真有趣。一块石头就能打开时空
把那只幼小的猫唤出，重新匍匐在石板
喝完牛奶。你还是笑靥如花温柔以待
疼惜弱小的命运。雨夜里，我们欣赏过的峡江
被新点燃的霓虹照亮，那隐在暗处的道路
载你路过。从记忆中捡起这些遗落的珠子
这些珍贵的珠子，串起来。未来还如此的长
这些珠子终要被我研磨成粉，当作中药喝掉

为我而发的哭

每双流泪的眼睛后面
都有一张熟悉的脸
在人海和人世，把他们一一辨认
何其的难。每一张脸
都对应着一个名字，要小楷
写在宣纸上
人生的礼簿因此变得丰盈

每一哭，都是一场风暴
因着疾患、断裂、衰老……细微的蝶翅扇动
每一哭，都足以酿成大祸
让我身陷水与暖的汪洋
至于悬崖，断桥后面
伴我重生的哭泣，如野花
独守着微寒的旷野

霜降 2020

幻彩充满天宇
卸下御寒的轻裘，舒展
欢欣的三界。鼓舞的人间
画一道符咒，千万孤魂就能得渡
劫，以草木以兽禽以人……的形象
神殿建在高高的山脊
冷眼旁观。泅渡于阳光弥漫
一座座大山，浪涛
阻隔了音讯。微弱的
断续的、过境的，我信仰的光芒
附身神农之顶，聚集在灰暗的
云层，列倾覆的矩阵
寸寸下降，逼迫体内的暖流后退
死亡从土地上升，攫取速度、力量
冷以霜、以雪、以凌降落
这一天，阳光灿烂
溺水者紧握的，是稻草是光芒

剑 兰

养了八个年头的兰
从未衰败
花，开得越来越多
每个春天，它都是最奇异的绿植

我的房子挤在密集的安置区
不通透，采光不好
当然也没有清泉、幽谷
只有清风，吹长叶、画剑花

这么多年来，没有给它施过肥
也不曾移动，它
在同一个地方重复同样一件事情
不取悦谁，也并不是为了感激

四只大雁飞过

这只是个偶然事件：四只大雁
飞过，并被我看到

对于飞行，我始终保持敬畏
自己沉重的身躯，牵绊既多杂念又重
无论哪一只鸟，展开的羽翼都是一片云
笼罩在我的头顶，近乎神明

一辈子，偶遇大雁的机会更少
虽然略懂季候，但并不懂鸟
写这段文字的时候，大雁早已飞远

一瞬间，有那么一点兴奋
想要挥舞手臂，觉得自己还能追逐
还能表达一下，渴望飞翔的愿望

三峡季风

1

古谚中，记载的三场大雨
都从东边来。海洋的腥臊，粗暴地洒落
没有见过世面的庄稼，以及裸身躺在泥土下的
种子、块茎，抗拒顺从迎合
它们已交出了糖分，再无所馈赠
私藏的水，勉力支撑青色的倦梦
挥发的汗和血泪
胚芽何以干瘪沉默的证词
随春雷滚滚而来，像是陈述，像是覆盖

2

变幻多端。风，以不同的级别吹
一级二级，点头之交的植株此起彼伏
三、四、五，递进的台阶向上也向着悬崖
六级，借一朵棉花避寒……
达到九级，瓦片将不再庇护鸟巢
哭泣的妻儿开始奔跑，在雨中
十级，语音跑出耳郭一样的盆地

遍地都是起舞，遍地都是宴席升起的欢歌
风钻进了罅隙：有多少个时日
就有多少空洞与呼唤

3

季风区的山脉，一只只魔幻的手掌
缓缓抬升温润的气流
从虚无中，如同江湖术士，空中取水
在风中打劫，向苍天讨要长河
过境之处，遍地是柔顺的枝条
被清洗过的西陵峡，噙泪
多情的人可以读出欢欣，委屈和隐忍

4

条条沟渠，顺着山脊的走向
隐身草丛和灌木
承接山坡扇面之上遗漏的水滴
任何细小的河流都有容纳百川的野心
即便它露出瘦弱的河床，嶙峋乱石像是突出的
肋骨
很久都不曾哭泣，不曾为了倾塌的
折断的，夭折的……怒形于色
引它咆哮的一切在风云中。酝酿一场大雨
需要时日，需要冷热交替涕泪滂沱

5

雨季一旦来临

亭榭，八百里洞庭，波光中的流影

这些水面上情感的突起，抛光的岁月留痕

抚慰过异乡人关于江南的梦境，陷入了困顿

雨中，相别的人再难重逢

蝴蝶折了翅膀，溪水横了木舟

一个人的耐性溶入广袤的雨幕

烟雨啊，依旧不是模糊的主因

6

风中孕育着何等伟大的事物？

当雨滴、风声和茫茫无际的云雾消散

抽穗扬花会给你一个暗示

经幡和新坟，会给田野标注、句读

偶然走进西陵峡畔的橘园

玉屑一般的花瓣铺满了林间

零落、果实和徒然，每年都会重来

密密麻麻，洒落在田畴

7

冷锋已经越过了江淮平原

低云缓缓地推移

静止锋即将在华中形成

一场大雨，洗涮着腹部

318 国道从湿漉漉的区域穿过，去藏区

折身向北，闯过横跨亚欧大陆的气团，国境线
之外
那里有巨大的荒原，有外蒙古、俄罗斯

8

没有哪场大雨，能俘虏所有的翅膀
让它低垂，在巢穴中震颤
海鸟隐藏在浓浓的夜色
展开数米之宽的巨大双翅
像是翼龙。这介于神与野兽的灵怪
让每场大雨值得仰望
雨滴柔软、易碎，是能见的分裂与增殖

9

宽松的睡袍已经干了
笼罩在柔软的身体上，也遮盖住瘀痕
没有暴君的房间充盈着清晨的风
安静的房间里没有争执的拳头
五彩的书包，朵朵花瓣
飘浮在水雾弥漫的街头
长夜已过，一些人死去，吐出来最后一口气
从此闭口成谜。那些醒来的人
将变得小心翼翼。这一切都发生在雨停间歇
风弱下来的时节，这样的时段多么难得

10

到底是源于扩张
被巨大的力量推动着南上北下
或者是，因为低气压撤离形成巨大空洞
吸引着大洋的鲸鲨，赶过来
面朝着东流的溪水，天地际会顺流而下
坐落在北纬 31 度的土坯房
人字坡屋顶不陡也不缓
夏日留不住雨水，只挂一排雨帘
深冬披五寸薄雪轻裘，一匹小马已离去多年

盲 目

四月，已经是春的暮日
山河刚刚经历了
桃花的粉杜鹃的红，所有的爱情
都在结果或凋零

峡江里的秭归，一场盛大的雪
早已酝酿
轻帆一来，万千橘花就缀满了枝头
江风吹，把浓稠的清香缓缓搅动
侧身走过，身后是飘洒的玉屑一层一层

蜂群还在聚集
蝶尚未全部离开
盲目的花朵依旧不管不顾
斯时，不要唤她闺名，与劝慰
即便，繁盛的花枝会被梳理

并非所有的拥抱都能平静如水
并非总会被理解，这片白色花海中的一朵

点燃后半生的火花

一切交给时光，沙砾中淘金
由着风霜一次次，在裸露的肌肤
刻画四季的分界。掘开黑暗的隧洞
运输地火。从平静的天空
看风云，等雪花覆盖
在空洞的事物中找出意义
我们乐此不疲，把心里的石块
隐藏得更加深刻
遇到，已经很晚了
我们正艰难地度过庚子年
度过职业半衰期中下降的阶段
对一生来说，有些错误已无可挽回
我曾经深深地忏悔，并服罪认罚
现在，你几乎就是火花
可以点燃未来，也能照亮
心底叠满的春芳

路过你的城市

这不是第一次路过
但整个城市开始与众不同
你独坐在老火车站的台阶上
向我介绍微风，夕阳
如何让一个中年女子感到温暖
你的唇角，挂着春天的金色
感谢你，让我注意到候车的人群中
捧着鲜花的小伙子，他激动幸福
那么多人停下来，满含着笑意
他们多么纯洁，期待着美好的事物

最后，你走在台阶的影像
深深地印在我的脑海，好像
你不是回家，不是走进灯火的城市
而是要走下来，带着我步入微醺的晚风

后 记

容我把这些故事讲给你们

写诗，是一件挺意外的事情。

小时候，生养在穷山恶水、交通不便、封闭阻塞的山村。按照常规，几乎走在了奔向半文盲的成长路上，所幸一路而来遇到很多机遇与良人，促使我与文字结缘，终不至于浑浑噩噩一生。

母亲是真正的读书人，虽然受时代影响而落魄落难，但她能为村民代笔写信，为我念书唱歌；小姨命运较母亲稍好，在自己读书习文之余，多年来坚持给我们带来书籍，让放牛娃多了一扇了解世界的窗口；父亲虽然缺席成长，但他当过文艺兵，能唱会画，偶尔凭兴趣带回书籍和音响，拓展我的所识；稍长，兄姊二人所攻所好也均与艺术相涉，耳濡目染之功绵延不绝。

读书期间，遇到的老师多温柔闲雅，尤其是秦学清、王太白老师在启蒙阶段对我未曾放弃，向群老师在青春懵懂时期的鼓励肯定，遂使我沉醉于文字之美而不能自拔，并以此为杖，试探着迈步走向广阔的人间。及后，遇到了许多终生献祭文学的朋友，除开波德莱尔、顾城、海子、屈原这样的书中人，网络与生活中遇到的小牵、秦舞剑、东海龙女、康宁、毛子、凌云、梅子、小铭、漫兮、刘波、素素、乔蓉、光影浮沉、宋朝、简笺、阿水……无不给予我写下去的热情和快乐。

我的诗，多是写给具体的个人。他（她）们来自我的生活与理想，是我与这个世界不多的勾连和重要的栖息，如果不是他（她）们的存在，我一定会取消许多按钮，在时间的楼梯直直地抵达最后的楼层。这些人在我诗歌的叙述里，往往会留下一个背影、音符、纪念物，给人一种稍纵即逝的错觉。坦白地说，这是刻意为之的，浓烈的人生已经够我们受得了，再也经不起隆重的渲染。

"最后，你走在台阶的影像/深深地印在我的脑海，好像/你不是回家，不是走进灯火的城市/而是要走下来，带着我步入微醺的晚风（《路过你的城市》）"，这是我途经一个朋友的城市而写的故事，朋友等待着我的到来。这样的故事谁都遇到过，所以我希望这感激的情绪能为所有的相遇增添一抹美丽的晚霞。"安静下来，庭院不再属于谁/置身其中，你只是一枚叶/在尘世飘荡多年，就要返回枝头（《庭院里的女子》）"，叶片因为春天的到来而欣欣向荣，女子则因为牵挂和爱情而变得英姿飒爽、跃跃欲飞。

记叙生养自己的故土，算是每个中国人的固有情结。我的诗歌中，也有一些关于立锥之地的描绘，这独属于我的记忆，一旦来到文字中，我却希望能够带动超出地域的情绪和共鸣。作为小村子里出生的小镇青年，我走出去的机会并不多，我无法替更多的地理位置标注情感的注脚，而是希望这些真挚的眷念能打动更多的人。

"一百亩田地,没有名字的一百亩/养活了村寨的五代/现在,春天来了/一百亩预备再豢养遗留的所有子孙/预备着,春风一吹/就播撒,次第展开花朵和豆荚(《一百亩田地》)",离开土地已经很久了,我们未必还记得耕作的时令,但土地一直等着我们去劳作,在它的上面种满庄稼。"月明山下,任何一处残垣断壁/都能写一个长篇、一个剧本/就能把我和母亲、外婆的命运/重新纠结到一起(《清明·月明山》)",这样的命运纠葛恐怕再也难以出现了,老旧的房屋都已经在日晒雨淋和危房改造中消减了,房屋庇护过的人,有的已经死掉,有的已经远走他乡。

身在"蓝墨水上上游"的秭归,我常常参加各类诗会尤其是端午诗会,并为之写一点主旨鲜明的诗歌,其中有专门用来朗诵的大篇幅,充满了浩然正气的那种。撇开那些纯粹的赞颂,我也常常陷入对时代和人生的思索,以此来质询这个纷乱繁忙的世界,该保持怎样的运行秩序和速度。

所以,在找不到旧生活的时候,我会表现出理想主义的决绝,不愿意在平凡的生活中迷醉。"今天,我是一个多么绝望的吟诵者/一切都找不到了/想来,倒不如同你一样/一跃成清唱/去水底,寻我故城门(《沉城》)",所以,我希望人世的主宰都交还给自然:"我们等待着新的消息/并期待这些新的讯息,与以往所闻有所不同/城墙总是越垒越高,而橘树和野草/始终漫游在山野,他们才是五月的正主(《五月》)",寄望肃穆的五月激浊扬清。

所有的这一切,都是为了什么呢?是理想吗?是情怀吗?还是一厢情愿的痴迷?这是我常自问的一个问题。诗歌带给我的不仅仅是片刻的欢愉与悸动,而是持续的深刻的改造。谁能否定持续的深刻的改造不是一件充满理想情怀的事情呢?这个被神灵安

排到人间的凡人，从来都不曾冷却走向秘境的好奇，总是不安
分、不守纪，一不小心就会骑上野马，去打探所有神秘的峡谷：

　　我就这样，被耽搁在这里
　　过客终是要走远江湖，慨然大笑的
　　我好几次，看他跃跃欲试
　　走进去——我曾勒马回转的山谷

——